U0109998

白話散文源流

近百年中國文章變遷史

劉緒源／著

目次

下編

斂衽無間言
——序《白話散文源流——近百年中國文章變遷史》

鯤西

劉君緒源《白話散文源流——近百年中國文章變遷史》頃已殺青，這本身不是文學史，但它的視點將來必有助於文學史的編寫。自五四新文學運動起，白話取代了文言，這就產生了新的文體——散文。在最初周作人提出這個觀念時，他還是非常小心的，因為當時他自己對於西方的散文特別是英國的散文，還沒有達到完全瞭解的境地。隨著《晨報》副刊的創立，一時名家都在上面寫文章，所以散文體在中國的風行，主要是靠大報副刊起作用，譬如天津《大公報》文學副刊，南方的《申報》的「自由談」，《時事新報》的「學燈」等，都為當時的散文家提供了園地。

本書作者是較早企圖解讀散文的開拓者，在他早年所著的《解讀周作人》裏，就嘗試通過文體，分析上世紀三十年代的苦雨齋散文，此書受到老少讀者同樣的欣賞，其原因就在於作者從文體來解讀。譬如有人要研究周作人的思想，可以從他所推崇的中國的俞理初和英國的靄理斯加以闡述，但這樣研究的結果就成為一篇思想性的論文，而劉君的《解讀周作人》另取一途，從文體入手，從而看出了周氏散文的特色就是苦澀。他現在著手的對於整個散文淵源的分析，我以為，也是從這一出發點上開始的。

在白話新文學出現之前，還有一個它的對立面，這就是梁啟超的新民體。梁啟超的新民體曾經風行一時，它的文氣十分強盛，譬如寫羅蘭夫人一文，文章鏗鏘有力，極其容易感動人。但新民體實際上是八股文的變體，所以雖然風行一時，並不能取代白話。胡適的文章在一定程度上也有梁啟超的影響在，他總是以加重語氣來推衍，實際上對文章的意思並沒有增加，只是一種行文的方法，這就是受梁啟超新民體的影響。

周作人對散文文體提出了「餘情」這個概念，這就真正說清了散文文體的優雅所在。在西方，蒙田被認為是最偉大的散文家，莎士比亞也受過他的影響。蒙田所以偉大，就是無論遇到什麼題材，他的散文都以親切自然取勝。他的特色，用一位英國詩人的話說，即他寫的就是他腦子裏所想的，所以他有一句名言：我懂得什麼？（Que sais-je ?）他總是這樣自問再發而為文，這就把自我、把「餘情」調動起來了。在本書中，劉君發掘了許多散文家，也都合乎蒙田的這一句話。自然地表達自己的想法，這就變成一篇優雅的散文。

上世紀三十年代，林語堂創辦《論語》、《人間世》，可謂異軍突起，從某種意義上說，他是對左翼思潮的抵禦。所謂幽默云云，就是要文章寫得真實有味，問題其實不在於幽默，而在於講真情。從後來歷史的發展看，林語堂提倡這種文體，和周作人的文章風格一樣，一直影響到抗戰時期的《古今》雜誌。今天被認為的許多散文名家，有不少就是在這些雜誌上成名的。

對於中國白話散文的發展，我們可以借鑑西方，因為在西方，學院派起了決定的作用。本來學院派都是比較保守的，但大西洋彼岸傳出的新思潮，逐漸被作家和學人所吸收，這就意味著學院的影響對當代思潮起了主導作用，而散文無疑是受益者之一。

在美國，現在有專門刊登散文的刊物，同時，美國大報上的書評也逐漸散文化了。而我們中國散文將來的發展和繁榮，還不能簡單地看待，那還需要靠有力者的進一步提倡，還要看能否出現一些真正具有權威性的大作家——比如五四以後出現的那許多散文大家。竊以為，對中國散文的更大威脅來自小說創作，小說創作的勢頭遠遠壓過了散文。

如前所述，本書作者從對周作人作品的解讀開始，就深深地體現了敏銳的分析力，這部長稿可以說是以解讀周作人為起點的。對於文體的解讀，應當說作者是一個開拓者。希望他的研究能對散文文體的發展起到推動作用，我同樣希望中國散文能如他所想像的那樣繼續繁榮下去。

本書作者對資料的收集和對整個散文思潮源流的把握是極為細緻的，堪稱既勤奮又極敏銳，於此竊不自量引用古人「斂衽無間言」這樣的溢辭來稱許作者的成就。是為序。

二〇〇九年八月寫於上海

上編

本書是一束「閒話」。所談的，是自「五四」新文學運動以來，中國白話散文的產生、發展和衍變。

這裏的「白話散文」概念是廣義的，既包含了胡適所說的「長篇議論文」，也包含了周作人所說的「美文」，還包括魯迅式的雜文，當然更包括各種抒情議論敘事的隨筆散文，或者，也可以說，就是指的「中國文章」吧——我想找到今天的中國文章形成和流變的源頭。

一、「談話風」的誕生

一九二一年六月八日，在中國文壇上，發生了一件看起來小得不能再小的事。就在那天的《晨報》第七版，登出了一篇僅五百多字的短文，署名子嚴。當時《晨報》還沒有副刊，這第七版不久就將改成「晨報副鐫」——這是中國現代報紙副刊的「起首老店」，不過那還得再過些時日。

子嚴，是北大教授周作人的化名。這篇文章，就是後來被收入《談虎集》，又被作者全文引入《中國新文學大系散文一集・導言》中的〈美文〉。文章的立意是經過長期醞釀的，是作者一直在思考的，但文章寫得有點匆促，這從文詞上不難看出來。

〈美文〉一開頭就說：

> 外國文學裏有一種所謂論文，其中大約可以分為兩類。一是批評的，是學術性的。二是記述的，是藝術性的，又稱作美文，這裏邊又可分出敘事與抒情，但也很多兩者夾雜的。這種美文似乎在英語國家裏最為發達，如中國所知的愛迭生，蘭姆，歐文，霍桑諸人都做有很好的

美文，近時的高爾斯威西，吉欣，契斯透頓也是美文的好手。讀好的論文，如讀散文詩，因為他實在是詩與散文中間的橋。中國古文裏的序，記與說等，也可以說是美文的一類。但在現代的國語文學裏，還不曾見有這類文章，治新文學的人為什麼不去試試呢？

周作人先把外國文學中的這一品種統稱為「論文」，再從中分了批評的（學術性的）與敘事、抒情的（藝術性的）兩大類，他把後者稱為美文。但對稱為美文的那一部分，依然視其為「論文」。這是否有點奇怪呢？我想，這與他從「英語世界」裏取來此一品種，是大有關係的。英語裏，論說文和散文隨筆都稱為「essay」；但科學性的論文稱paper，學位論文、畢業論文等正式的「論文」也稱「thesis」。周作人所指的顯然是前者，也就是「論說性質」的文章，即使是敘事、抒情的美文，也還是帶有議論性的。他在後文中也談到了抒情，談到了詩，但他強調：「他的條件，同一切文學作品一樣，只是真實簡明便好。」他還批評了當時《晨報》上的幾篇文章是「落了窠臼，用上多少自然現象的字面，衰弱的感傷的口氣，不大有生命了」。可見，即使是抒情，他也以英美散文中的「essay」為指歸，要合於廣義的「論說」，而不是一味地文人氣地「濫情」。

再看看他在其他地方的論述，我們就可理解得更確切些。在《中國新文學大系散文一集》的〈導言〉中，他之所以全文引入這篇〈美文〉，目的正是要借此批評當時的一些散文只能夠「說得理圓」，卻「沒有什麼餘情」。從這裏不難看出，他所強調的「論文」的「詩化的性質」，最根本的，還是在「論文」之中，要能容納這種真實的「餘情」。用我們現在的話說，也就是要寫得從容、隨意、豐饒，有餘味，耐咀嚼。具備了這些特點的，像錢鍾書的《舊文四篇》，雖然是說理的，是批評性、學術的，也還是美文；像楊絳的《幹校六記》，是記事的，但「真實簡明」，沒有太多的「自然現象的字面」和「衰弱的感傷的口氣」，無疑更是美文。

那時候的作家其實很有意思，周作人是他們中比較突出的一位，他有了一個想法，就很隨意地說出來，每次的說法不盡相同，但想法則是一貫的，這就需要你去揣摩和領會，需要一種感悟，卻不能通過他們前面用過的概念作簡單的推導。這正是讀他們文章的趣味所在。周作人在後來的《近代散文抄》的序言中，對於上述的「論文」和「美文」又有了一種說法：「小品文則又在個人的文學之尖端，是言志的散文，他集合敘事說理抒情的分子，都浸在自己的性情裏，用了適宜的手法調理起來，所以是近代文學的一個潮頭……」在這裏，他用了「個人的文學」、「言志的散文」等，而最令人注目的，還是把「敘事說理抒情」全都包含在這「小品文」裏，當然須得「浸在自己的性情裏」，這是一種很巧妙的提法。此前不久，在為俞平伯的散文集《雜拌兒》寫的跋中，周作人乾脆說，自己所謂的「論文」，「或者不如說小品文」。然而，也就在他應鄭振鐸的介紹選編《中國新文學大系散文一集》時，卻又說：「對於小說戲劇詩等等我不能懂，文章好壞還似乎知道一點，不妨試一下子。選擇的標準是文章好意思好，或是（我以為）能代表作者的作風的，不論長短都要。我不一定喜歡所謂小品文，小品文這名字我也很不贊成，我覺得文就是文，沒有大品小品之分。」（〈《散文一集》選編感想〉，載一九三五年一月《新小說》。現已收入《周作人文類編・本色》）這又是為什麼呢？這又該怎麼理解？我想，他依然是忠於自己的想法而又表達得率性隨意的，而他的想法在這十多年中也是有所發展的，可是歸根結底，他真正想要提倡的，並不只限於一種體裁，而是一種文風。他在這裏列為選擇標準的，是「意思好文章好」，「能代表作者的作風」，且「不論長短」。這樣說好像有點空泛，好在我們在下面還要說及。

還是回到周作人為新文學大系所寫的「導言」上來。在引錄了自己的〈美文〉後，他又引了胡適《五十年中國之文學》中的一段話，那可是關於新文學發展的總結性的文字：

> 第三，白話散文很進步了。長篇議論文的進步，那是顯而易見的，可以不論。這幾年來，散文方面最可注意的發展乃是周作人等提倡的小品散文。這一類的小品，用平淡的談話，包藏著深刻的意味，有時很像笨拙，其實卻是滑稽。這一類作品的成功，就可徹底打破那美文不能用白話的迷信了。

胡適在總結新文學的成績時，一共舉了四項，即新詩、短篇小說、白話散文，及戲劇與長篇小說，他認為最末一項「成績最壞」。而這第三項，其實是他評價最高的。幾年後，朱自清在他的《背影》序中也呼應說，新文學運動以來，「最發達的，要算是小品散文」。

胡適畢竟是高屋建瓴，大處著眼的，他不僅對新文學各個門類的發展看得清清楚楚，而且，在談到發展得最好的「這一類的小品」時，他很不經意似地寫下了「用平淡的談話，包藏著深刻的意味……」的話。這其實是點睛之筆，他把周作人最想提倡的，超乎「大品小品」之上的那種風氣，給點出來了。而且，胡適所談也的確不局限於小品，他說白話散文，一開始就包括了「長篇議論文」。

胡適此文發表於一九二二年三月的《申報》。魯迅曾說此文「警闢之至，大快人心」。這以後，多有將五四以後的白話散文（主要指小品文，但又不限於小品散文）稱之為「談話風」的。這一提法是否從胡適始，我未作認真考據。但胡適的總結無疑十分緊要。

以上所說的，都是七八十年前的老話了，為什麼現在還要重新提出來呢？我想，這是因為，我們對這些老話的意義，還沒有真正認識透。一說到「談話風」，我們總是把它歸結到散文批評中去，或是看作散文的語言風格的一種，只在文學批評的一個分支中占了一席之地。而其實，「談話風」的出現，不僅影響到散文，也同樣影響到小說創作，影響到學術批評，影響到中國文學的各個方面，甚至可以說，這正是中國文學古今演變的標誌之一呢。

我們不妨再來作些考察。先看這一段——

北方的牛一般分為蒙古牛和華北牛。華北牛中要數秦川牛和南陽牛最好，個兒大，肩峰很高，勁兒足。華北牛和蒙古牛雜交的牛更漂亮，犄角向前彎去，頂架也厲害，而且皮實、好養。對北方的黃牛，我多少懂一點。這麼說吧：現在要是有誰想買牛，我擔保能給他挑頭好的。看形體，看牙口，看精神兒，這誰都知道；光憑這些也許能挑到一頭不壞的，可未必能挑到一頭真正的好牛。關鍵是得看脾氣，拿根鞭子，一甩，「嘍」的一聲，好牛就會瞪圓了眼睛，左蹦右跳。這樣的牛幹起活來下死勁，走得歡。疲牛呢？聽見鞭子響準是把腰往下一塌，閉一下眼睛，忍了。這樣的牛，別要。

我插隊的時候餵過兩年牛，那是在陝北的一個小山村兒——清平灣。

熟悉當代小說的朋友肯定已經看出來了，這是史鐵生早年的成名作〈我的遙遠的清平灣〉的開頭。這樣的文字，在各種古代文學作品中，可曾有過？不要說它的文言白話之別，就說那種口氣，那種娓娓而談的行文方式，那種自然而然地把自己放進去，把自己的經驗、知識、判斷糅合在故事的敘述裏的寫法，是否是十足現代的？

如果說，史鐵生的這篇小說比較特殊，它既是第一人稱的，又是非常散文化的，也就是說，它本身就是小說中與散文最為接近的那一類，那麼，我們再來看這一段：

畢竟是清晨，人的興致還沒給太陽曬萎，烘懶，說話做事都很起勁。那幾個新派到安南或中國租界當員警的法國人，正圍了那年輕善撒嬌的猶太女人在調情。俾斯麥曾說過，法國公使大使的特點，就是一句外國話不會講；這幾位員警並不懂德文，居然傳情達意，引得猶太女人格格地笑，比他們的外交官強多了。……法國人的思想是有名的清楚，他們的文章也明白乾淨，但是他們的做事，無不混亂、骯髒、喧嘩，但看這船上的亂糟糟。……

喜愛錢鍾書作品的朋友一定早就看出，這是小說《圍城》開場時的一節文字。這不是第一人稱，也不是散文化的小說，但在敘事中，分明有作者的存在，他毫不回避地站在前臺，口角含笑，冷嘲熱諷，甚至還動用自己的知識，引經據典，侃侃而談。雖然一直有人將《圍城》比作當代的《儒林外史》，但吳敬梓筆下何曾有這樣的文字？吳敬梓只是一味地描寫，在白描中（多用誇張和對比）體現他的諷刺，卻沒有這樣一種「談話風」。

從上述兩例來看，說它們具有一點英美散文式的「論文」的性質，也是並不為過的。它們都寫得「簡明真實」，都「平淡」而有意味，也都有「餘情」，或者也可以說，把「敘事說理抒情」，都「浸在自己的性情裏」了。也就是說，這是一種「有我」的文字。而古代小說裏，很難找到這種文字，我搜索記憶，只在《紅樓夢》第一回，那帶有序言性質的作者自道中，多少看到一點這樣的影子。

那麼，在古代散文中，是否有這樣的「談話風」呢？不能說沒有，但實在是比較少，總體上處於一種非「自覺」的狀態。小說是說故事，具有演的性質，那裏不出現「自我」，這好理解。

散文呢？古代散文多是有體裁規定的，是有現成格式的，傳就是傳，論就是論，不可逾越雷池，所以也難見自我的直接出現。甚至，最能體現作者自我的書信，也要規定一個個套路，由那種「尺牘」書來普及和規範。當然，如作者真有思想，有個性，那就總有辦法體現於文字上，於是散文中也留下了有我的痕跡。比如蘇軾的札記，陸游的《老學庵筆記》，李清照的〈金石錄後序〉，晚明以後的一些筆記，即可歸入此類。當然，較為集中的還是在某些序跋和寫得好的書信裏，從司馬遷的〈報任安書〉到白居易的〈與元九書〉，都可說是至情至性，也都多少具有了現代人的「談話風」。

除此之外，倒是《史記》中的「太史公曰」和《聊齋》中的「異史氏曰」，每有「談話風」的風致。與此相應，在古人零星的批評文字中，也常有「談話風」出現。這裏的原因之一，是中國向來少有正經的文藝批評，文藝是小道，文藝批評更是不務正業，所以，就反而活潑無掛礙。那些詩話、詞話、曲話，往往寫得自由率性，充滿人間趣味。小說點評也多有此妙，於是，看不見作者之我的小說，又添上了「有我」的評點，使閱讀增加了趣味。「脂硯齋」所留筆墨雖少得可憐，卻大可玩味。金聖歎、毛宗崗、張竹坡，也都讓人眼目清亮。明清時期，小說甚至一定要有評點才會銷得好，這也說明讀者對「談話風」其實是有一種內在需求的。

如此看來，研究現代文學的發生發展，到優秀的古代文學中去尋找根由，實在是很有遠見的做法。周作人後來作《中國新文學的源流》的報告，運用的就是這一方法。

然而，我們切不可忘記，從總體上看，古代散文是正經文章，是實用的，載道的，為聖人立言的，而決不是抒發個人情志的文學。即使詩詞，又何不如此？杜甫的「致君堯舜上，再使風俗淳」，辛棄疾的「了卻君王天下事，贏得生前身後名」，就是古人中的佼佼者的心聲。所以俞平伯稱古代文學大盛時期，作品多是「高的大的正的」，「差不多總是一堆垃圾，讀之昏昏欲睡」。周作人則斷言：「小品文是文學發達的極致，他的興盛必須在王綱解紐的時代。」又說：「一直到了頹廢時代，皇帝祖師等等要人沒有多大力量了，處士橫議，百家爭鳴，正統家大歎其人心不古，可是我們覺得有許多新思想好文章都在這個時代發生……」

至於寫出過很好的「談話風」的古人，他們的寫作觀也往往是分裂的。對此，周作人在《雜拌兒》的跋中有過很好的分析：

唐宋文人也作過些性靈流露的散文，只是大都自認為文章遊戲，到了要做正經文章時便又照著規矩去做古文。明清時代也是如此，但是明代的文藝美術比較地稍有活氣，文學上頗有革新的氣象，公安派的人能夠無視古文的正統，以抒情的態度作一切的文章，雖然後代批評家貶斥他們為淺率空疏，實際卻是真實的個性的表現。以前的文人對於著作的態度可以說是二元的，而他們則是一元的，在這一點上與現代寫文章的人正是一致。

也就是說，那時雖也有「談話風」出現，但從來就不被當作正經文章，更沒人把這當成名山事業。序跋筆記，詩話詞話，都只是消閒而已，玩玩票的。只「王綱解紐」時才有例外。到了現代，經過五四的洗禮，有了英美散文的鑑借，又有了個性表達的強烈願望，「人的文學」才真正興旺起來。所以，「談話風」的散文被當作正經文章，散文寫作可以被當作畢生的文學追求而不遭人恥笑，「談話風」理直氣壯地滲入小說、理論批評、學術隨筆……以至成為一種流貫時代的文風，這一切，真可算是文學史上的一件大事了。這是值得我們細說並牢記的。

前不久，湊巧讀到一位評論家的文章，說是現在的散文強調了個性，「卻在無形中丟失了秦漢唐宋散文所每見的剛健遒勁、大氣宏聲。……今天的散文領域，小感覺、小情調的鋪天蓋地和大境界、大悲憫的日漸稀少，固然是消費社會和後現代主義思潮合謀的結果，但誰又能說它與現代散文過分強調『小我』的某種定勢、某種慣性毫無關係呢？」他把這看成「五四」的遺留問題，是當年提倡「公安派與英國小品文」結合之過。我不知道這是要回到怎樣的「剛健遒勁、大氣宏聲」中去，是要回到古代的「大的高的正的」，為聖人立言的「大一統」中去麼？是要作家再去投入地大寫無我的宏大境界麼？我對此頗不解。流沙河先生詩云：「偶有文章娛小我，獨無興趣見大人。」看來也是強調「小我」，其實是自謙復自嘲，而「娛小我」文章未必小，也未必只是「娛」而已，關鍵就看這是個怎樣的「我」。如果有誰寫出文章真的格局狹小，見解低俗，那不是因為文中「有我」的錯，而只是這個「我」本身亟須提高罷了。如果這時不去提高自我，而是從此摒棄「小我」，轉而一味「見大人」去，文章會不會變得好些呢？只怕會更壞。

於是就要說到「談話風」的寫作與作家創作生命力的關係了。這二者間有著很微妙的聯繫。不過我們還是「下回分解」吧。

二、文人傳統與創作生命

「談話風」一經與中國文人相結合，很快就產生了蓬勃的生命力，這是一件值得研究的事。一九二八年七月末，朱自清在為自己的散文集《背影》寫序時，和當年周作人為《中國新文學大系散文一集》寫序時一樣，引用了胡適《五十年中國之文學》中評價白話散文的那段著名的話。胡適是六年前說的，現經六年實踐，朱自清發現，新文學各門類中，依然是小品散文發展最快，情景比當初更為喜人：

三四年來風起雲湧的種種刊物，都有意或無意地發表了許多散文，近一年這種刊物更多。各書店出的散文集也不少。《東方雜誌》從二十二卷（一九二五）起，增闢「新語林」一欄，也載有許多小品散文。……去年《小說月報》「創刊號」（七號），也特闢小品一欄。小品散文，於是乎極一時之盛。東亞病夫在今年三月「覆胡適的信」（《真美善》一卷十二號）裏，論這幾年文學的成績說：「第一是小品文字，含諷刺的，析心理的，寫自然的，往往著墨不多，而餘味曲包。第二是短篇小說。……第三是詩。」——這個觀察大致不錯。

這位「東亞病夫」，就是曾經寫過《孽海花》的曾樸，《真美善》雜誌即由他與兒子曾虛白共同創辦。這樣一位舊文學的風雲人物也來關注小品散文的發展，並出語中肯，判斷得當，可見這在當時已是一個多麼熱門的話題。朱自清轉而尋找出現這一盛況的原因：

……它的歷史的原因，其實更來得重要些。我們知道，中國文學向來大抵以散文學為正宗；散文的發達，正是順勢。而小品散文的體制，舊來的散文學裏也盡有；只精神面目，頗不相同罷了。

我們在前文已經作過分析，從東坡、山谷、陸放翁、李易安的文章裏，從〈報任安書〉到〈與元九書〉，從晚明筆記小品到歷代的詩話詞話，都能夠找到「談話風」的痕跡，這雖然不是古代散文的正統，但在中國文人心目中的影響卻不可小覷。畢竟，文人都是有自由表達的願望，也都有心靈感應和理解力的。所以，一到新文學運動開場鑼鼓敲過，當他們發現，不僅自己較為陌生的新詩、新小說、話劇（他們原先熟悉的詩是格律詩和古風，小說主要是章回體，戲劇則基本就是戲曲）等文學樣式可以上場，那信手信口、任意而談的白話散文竟也能堂而皇之登堂入室，而且，再加上五四自由開放風氣的促動，對於人生與世態果真有滿腹的話想要說時，散文的發達也就勢不可擋，如朱自清所說：「確是絢爛極了」。

除了文學傳統上的原因，當時文壇的「硬體」也起了關鍵作用。可以說，這是「物質」與「精神」的一次極巧妙的配合，也許可用「歷史唯物主義」來作解釋吧。就在周作人發表〈美文〉後的三個月零四天，《晨報》第七版正式改為「晨報副鐫」，這在現代報業史和文學史上都是值得記上一筆的。孫伏園任編輯，這一刊名據說還是魯迅起的。這是現代日報副刊的開端，它立即成為新文學運動的重要園地，魯迅的〈阿Q正傳〉等都是在這上面發表的。各地報紙紛紛仿效。《京報》的「京報副刊」，上海《時事新報》的「學燈」，《民國日報》的「覺悟」，與「晨報副鐫」一起，很快發展成了五四以後最重要的四大副刊。上海的《申報》一直有「自由談」，但內容多為舊文人唱和等，與新文學比較隔膜；到一九三二年，史量才聘請黎烈文主持「自由談」，使之面目大變，魯迅、茅盾等新文學家成為主角，有鋒芒有個性的「談話風」成為主唱，吸引了大批讀者。這時，天津《大公報》副刊「文藝」的影響也越來越大。按柯靈先生的說法，上世紀三十年代，報紙副刊進入了它的「黃金季」。副刊是中國報紙的特色，國外的報紙只有專刊，沒有副刊；而副刊又是最適合登載「談話風」散文的。到這時，真可以說，有報必有副刊，有副刊必有「談話風」。朱自清在《背影》序中說了當時刊物的風起雲湧，而報紙與刊物的配合，更促成了「談話風」的盛行。夏衍作為資深的新文學家和資深的報人，說過一句很中肯的話：「一個副刊抵得上兩個刊物。」

當然，「談話風」的盛行，更內在的原因，還是中國文人自身的特性所致。文人好發議論，中外皆然。但中國文人，尤其是第一代的新文學家，卻自有與眾不同處，這也形成了一種有趣的

「新傳統」。我們且以俞平伯的散文集《燕知草》為例（編於一九二八年），書中不僅收了他的〈湖樓小擷〉、〈清河坊〉等散文名篇，也收入了不少詩詞歌謠，而套曲〈歸鞭〉還附了全套工尺譜，同時還收了書法、攝影等，並收有近似於小說的長篇散文〈重過西園碼頭〉。而在他別的散文集中，還收入學術論文和考據性文字，乃至翻譯和「詞課示例」等。看得出，作者編集時是不管外部種種規矩的，而以自己的身心愉快，以完整表達自己的真性情為最高標準。在新文學初期，作家編集大多是這樣的，這與剛剛突破了舊體制的束縛有關，狂喜自由的心態時時表現出來，顯得天真爛漫，給人以一種特殊的美感。但漸漸的，文學內部的分類明晰了，新的規範確立了；作家們的作品也越寫越多，可以從容按類別分編不同的集子了。即便如此，仍有人喜歡把集子編得很雜。比如劉半農，編定於一九三四年的《半農雜文》，就收有譯文、劇本、中英對照的歌謠、「擬擬曲」等，更無論序跋、短論、發刊詞之類了。知堂的《永日集》裏，也收有譯文。其實周作人編《中國新文學大系散文一集》，又何嘗中規中矩？他不僅編入了按例不收的「民十五」以後的劉大白等人的文章，也收了吳稚暉兩篇放不進新文學裏去的短文，還收了廢名的幾則短篇小說（他認為這更像散文），甚至收了顧頡剛篇幅長到可以單獨成書的〈古史辨序〉。而郁達夫也許更離譜，他編《中國新文學大系散文二集》，其中周氏兄弟的散文竟占了十之六七，尤以他所偏愛的知堂散文居多，幾乎占了全書近半。——這樣一種以趣味為主的、自由隨意的心態和作為，到什麼時候真正絕跡了呢？我以為是在一九四九年。到這以後，知識份子的尾巴夾緊了，大家都自覺地、老老實實地改造自己了；幾乎每個人都有了自己的單位，並都以自己的某一個方面（即一技之長，而不再隨心所欲地）為社會服務並領取報酬了——俞平伯成了「紅學家」或古典文學研究者，沈從文成了博物館工作人員，周作人成了專職翻譯家，廢名、施蟄存、金克木等專做大學教授，張愛玲如果不走大概是電影廠的編劇……在這幾十年時間裏，整個文化界確有一種難言的乏味感，好像缺了靈動滋潤的氣息。缺了什麼呢？缺的就是「文人」！是那些灑脫地遊走在各種學問之間的、素養深厚而心態自由的文化人，沒有他們各具個性而又總能啟人深想的聲音，沒有他們種種有益復有趣的看似隨意的發揮，沒有他們從悠長的文化之水中汲取營養並對今日社會人生的即時感應，整個文化生活竟真的變得機械乾枯起來了。所以，「四人幫」倒臺後，復出的作家中，最有魅力，並且魅力最為長久的，不是丁玲、吳強那樣的純作家，也不是蔡儀、孔羅蓀那樣的純理論家，而恰恰是俞平伯、沈從文、錢鍾書、聶紺弩、施蟄存、柯靈、孫犁、黃苗子、汪曾祺、黃裳、黃永玉、流沙河、曾卓……那樣的作家。我想，在本性上，他們更應稱之為文人吧。

這裏所說的「文人」，是一個完整的概念，即以完整的個人，對應較為完整的文化。一旦將他們限制起來，割裂開來，以他們的某一方面的能力來適應某一方面的工作，儘管他們也能做得好，但他們的魅力也便消失殆盡，只成為一般意義上的專家了。文人亦有高低之分，一個不能夠成為專家的文人，其價值是極可懷疑的。而真正的大文化人都是最好的專家，並且往往不是一門的專家。定庵詩中的「從來才大人，面目不專一」，說的大抵也是這個意思。所以，這些「專家之上的文人」，其可貴之處，就在於能以自身的文化積累與自由心情，走破人為的學科界限，將各種學問乃至一切人類文化成果，盡力打通，復現為有機整體，為完整的個人所用。於是，他們的自由寫作，便能貫通並啟動漫長的中外古今文化的積澱，也能使整個社會體驗到悠遠淳厚的滋味。

這種「文人」傳統，是現代中國的一個優美而難得的新傳統。它的形成，當然與「五四」以前中國舊學的分工不甚明確有關，但也與這一代大知識份子多為中西兼通的才華出眾者有關，新文化運動打開了他們的思路，也活躍了他們的思想，大量的雜誌和副刊更為他們提供了馳騁的天地，而「談話風」，自然是他們最為得心應手的表達方式。

這裏我要穿插兩件親歷的趣事，我想這是頗能說明問題的。

上世紀九十年代中期，我參加了與美國CTW機構的合作，共同製作中國版電視片《芝麻街》。美方工作人員都是各行專家，學歷很高，有的還是哈佛的博士。但我很快發現，專家也有專家的毛病，即很難和他們談隔行的話題，一談他們就緊張。比如你談音樂，他們馬上會說：「某小姐是音樂方面的專家，這個問題可以請她來回答。」一說起文學，他們又會抱歉地說：「某先生是文學方面的專家，今天他不在，這個問題是否明天再談？」他們都是學校培養的，都很敬業，但對於自己的專業未必都有濃厚興趣，音樂或文學在他們只是謀生的飯碗。於是，本來屬於人類精神生活的各個有機組成部分，都被分工成一項項專業，從而盡失其味。從這裏，我更感覺到了中國文人傳統之可貴。現在國人的學歷也越來越高，大學教育日益普及，職業取向都在向專家化發展。但既然已有西方社會的經驗教訓，我想，我們又何至於非得丟棄「五四」以來業已形成的這優美的文人傳統呢？

二〇〇七年三月，應同濟大學中德學院邀請，我和陳思和先生一起，與專程趕來的德國漢學家顧彬做了一次「三人談」。顧彬對中國當代文學的尖銳批評，這時已經成為國內的熱門話題了。因為是面對面的交談，我對他有了更切近的瞭解。我發現，他對中國文學確是熱愛，但這與他對自己事業的熱愛是休戚相關的。他對媒體（包括中西方各媒體）的關注度有一種近乎天然的敏感。上世紀八十年代，他曾因為翻譯和介紹中國當代文學而成為西方媒介追逐的對象；但近年來，他在西方說話沒人注意了，翻譯或評論中國文學作品也很少有人過目，他感到了忍無可忍的寂寞。我在對話時分明感到了他內心的焦躁。他用德文寫過《二十世紀中國文學史》，著重研究了中國的小說；目前正在勉力寫一部《中國戲劇史》。他其實是以西方的眼光來分析中國文學的，著重點是詩、小說和戲劇。我當然不同意他的「全盤否定」的態度，我覺得他的閱讀面有明顯的局限。由於他一再以魯迅為例，我特意指出，即使在魯迅時代，能與魯迅相比肩的作家，其實也是並不多的。他首肯，但強調：「可畢竟還是有。」於是我說，在當代作家中，能深刻地表達自己的思想，在語言的個性化和文學性上極為用力的作家，也還是「有」。我舉出了我心目中的作家和作品，在場的同濟師生和許多德國朋友報以熱烈的掌聲。顧彬後來也承認，他的說法有片面性，但他說：「必須有人先提出一個文本，你們才可以補充，糾正。我就是那個提出問題的人。」此外，我還指出，中國的真正的純文學主要是詩與散文，不同於西方文學主要是小說和戲劇，顧彬不明白「中國的思想在哪裡」，這與他沒有更多注意中國那些較高層次的、出於大家手筆的散文、隨筆有關。我談了中國的文人傳統，舉出了一大批以「談話風」見長的當代大家，顧彬對此未多置詞。我發現，我可能已涉及到他的盲區了。

事後我想，如果說「公共知識份子」，顧彬一定是懂的；但要說中國的「文人」，即使在漢學上浸潤了這麼多年的研究者，也未必真能領會吧。而真正的大文化人又的確不同於公共知識份子，他必須有思想，也必定傷時憂國，但又不只專注於政治，它要更為豐厚、滋潤，更強調學養與境界，強調學問的共通性與人性的完整性，當然，還離不開趣味。怎麼辦呢？只能寄希望顧彬多讀「談話風」的散文吧。

現在再來說一說「談話風」與作家的創作生命的關係。

前面已經說過，進入新時期以來，那些最具文人傳統的優秀作家最受歡迎。現在我們換個角度來看：對一個個具體作家來說，哪些人的創作生命最為綿長？

我是在研究施蟄存的時候，想到這個問題的。這位老作家在九十六歲的時候，居然新著迭出：先是有《北山談藝錄》行世，一時洛陽紙貴；不久又有專寫家鄉風物的文言隨筆集《雲間語小錄》出版，又在讀書界引起一陣興奮；隨後，《北山樓詩》面世；年底，又有《北山談藝錄續編》印行。另一部集作者多年金石文字的《唐碑百選》也已編定；還有一本《無相庵隨筆》正在整理，其中包含不少敘寫近年日常生活的筆記……這樣的奇蹟，不能不讓人驚訝。

如果將施蟄存作為創作生命綿長的一個例子的話，那麼，哪一些作家的創作生命特別短促？如真要找一種極端的對比，那就不能不讓人想到一部分工農作家。這個話題說起來有點殘酷，但還是值得一說。比如以高玉寶為代表的那幾位作家，識字不多，但有獨特的生活經歷，文章合於時代，寫作時有人幫忙，於是便在建國初一下子出了名。而此後就再沒有像樣的作品了，真成了「一本書主義」了。須知他們並不是客串一下就去從事別樣的事業了，其中確有不少後來當上了「專業作家」，自己也十分努力地在學習和寫作，創作生命卻迅速而無情地離他們而去。比高玉寶等稍晚些出名的一批工人作家，文化程度相對說要高得多。但一進入新時期，除個別而外，他們創造力的衰減也是顯而易見的，即使還有作品，也往往不再引人注目了。從孫犁的文章中知道，天津工人作家萬國儒（他的代表作〈歡樂的離別〉曾被選入語文課本和多種小說選本）因創作上不順利，「五十年代的熱鬧勁頭，突然冷落下來」，煩悶而影響健康，以致「抱恨」而終（見《如雲集》）。這都可說是文壇悲劇。

其實時移勢易之後，真正有活力有後勁的，即使在知識份子作家中，也並不多見。當代文學史似乎給了我們這樣一種史識：作家最怕時代風氣的變化，即使茅盾、巴金、曹禺、老舍這樣的大家，隨著新中國成立這一歷史巨變的到來，儘管他們歡呼雀躍，但創作卻在很長時間裏幾乎跟不上了。孫犁也許是個例外，在不同時期，他每有新作，總是保持在較高水準，並且不易隨時間的流逝而貶值；他晚年的散文，沉著雋永，成就超過了以往各時期。徐遲也在沉寂多年後，於晚年發出了異樣的光彩。巴金直到《隨想錄》發表，才重現了他出眾的才華。楊絳是現代文壇含而不露的夜明珠，她作品不算太多，但始終居於一流水準。此外，如黃裳與舒蕪，步入老年似乎反意味著他們進入了寫作的高峰期。費孝通與王元化所寫的當然是學術文章，但其中多含情趣，是可以當散文來讀的，他們亦可作文壇上「青春長駐」的好例。

從這裏似乎可以找出一條秘密：那些最有「後勁」的文壇老將，恰恰都是擅寫「談話風」的。是「談話風」散文這一體裁，決定了他們創作生命特別綿長麼？好像也不盡然。如果說，徐遲的晚年力作〈江南小鎮〉，一如張中行的〈流年碎影〉，還都屬於「自傳體」，也就帶有散文的性質，金克木的那些體例怪異的小說也多帶有自傳性的話，那麼，楊絳的〈洗澡〉，卻是嚴格意義上的長篇小說。汪曾祺和林斤瀾，也是愈上年紀小說愈見精彩（如林之〈十年十癮〉）。可見，寫小說的也會有「後勁」，不能單以體裁解釋創作的生命力。

可是，話又要說回來，雖然有些文壇老將到老也在寫小說，且頻頻拿出上好的力作，但他們確實是能寫出極好的「談話風」散文的。相反，如從來寫不好散文隨筆，而只能在其他某一文學樣式上一逞身手，「談話風」偶一上手即捉襟見肘，讓人難以卒讀，那我想，其創作生命要長也難。

這其實也不奇怪，因為「談話風」最本色，最能顯出作者的底來。周作人在編選中國新文學大系的「感想」中說，他選文的標準只是「意思好文章好」，「能代表作者的作風」，這看似簡單，其實恰是最高的標準。你想，「意思好」，要是一個人見解庸常浮泛，下筆能夠「意思好」嗎？要是沒有才情趣味，能在這種不披任何外衣、沒有任何噱頭的「平淡如話」的形式中達到「文章好」的高妙境界嗎？而且，「能代表作者的作風」，上好的「談話風」最本質的要求就是能表達作者的真人、真性情。如在思想、人格、學問、情趣上鮮有魅力，那「談話風」也將是最能洩底的一種形式。

是不是可以這樣說：作品是作家的創作個性和審美個性的體現，人的本色本應是一切創作的根柢；但有的作品大紅大紫，便將底色掩蓋住了，一時間人們容易忘了根柢如何；然而大紅大紫終不過是一時之盛，天長日久，尤其是最令作家發悚的時移勢易，那底座的堅實與否就要顯露出來。像〈高玉寶〉那樣的作品，有故事，有生活，也有生動的語言，又合乎形勢需要，其轟動可謂勢所必至。但其中畢竟缺少作者自己的東西——語言之生動，也主要是人物的語言，或表達故事所需要的語言，作為自己的文章的獨特追求，那是沒有的。也就是說，轟動的只是作品，而不是寫作品的人。一部作品過後，人的特色仍未漸漸形成，那又怎會有後勁呢？當然並非不能突破，寫過〈平原烈火〉和〈小兵張嘎〉的徐光耀，經多年修練，在老年時寫出了很好的小說和隨筆，這就當得起「意思好文章好」的評價。

我們曾引過周作人的話：「小品文則又在個人的文學之尖端，是言志的散文，他集合敘事說理抒情的分子，都浸在自己的性情裏，用了適宜的手法調理起來……」這也說明，「談話風」不僅是最為透明的，同時也是最為綜合的，它不讓你只專注於某一項，而要讓小說的、詩的、理論的種種要素全部溶入「自己的性情裏」，也就是一種全人格的表達，亦即前文談到「文人傳統」時所說的「以完整的個人，對應較為完整的文化」，達到了這一步，才能寫出上好的「談話風」。同理，也只有能達到這一步者，創作生命才有可能綿延不絕。

薛寶釵有句云：「好風憑藉力，送我上青雲。」初一看，真好像是「談話風」送來了無窮的後勁；再一細想，也不過是張入門的試卷罷了。

三、一清如水

要說「五四」以後「談話風」散文的影響力，首屈一指的，無疑還是胡適。胡適的影響是無處不在的，一如空氣和水。別的大家，諸如魯迅、周作人、徐志摩、林語堂、冰心……或如酒，或如藥，或如冰，或如火，特色俱在；而胡適只是一味的淡，一味的白。事實上，胡適的行文風格，已化成現當代中國文章一種最基本的樣式，成了白話文的一種底色了。

縱觀漫長的文學史或文章史，這樣的風格，在中國確是不曾出現過。這是一個奇蹟。

讓我們隨手抄一段看看：

北京大學今年整五十歲了。在世界的大學之中，這個五十歲的大學只能算一個小孩子。歐洲最古的大學，如義大利的薩勞諾大學是一千年前創立的；如義大利的波羅那大學是九百年前創立的。如法國的巴黎大學是八百多年前一兩位大師創始的。如英國的牛津大學也有八百年的歷史了，劍橋大學也有七百多年的歷史了。今年四月中，捷克都城的加羅林大學慶祝六百年紀念。再過十六年，波蘭的克拉可大學，奧國的維也納大學都要慶祝六百年紀念了。全歐

> 洲大概至少有五十個大學是五百年前創立的。……所以在世界大學的發達史上，剛滿五十歲的北京大學真是一個小弟弟，怎麼配發帖子做生日，驚動朋友趕來道喜呢？

這是那篇〈北京大學五十周年〉的開頭部分，收入《北大五十周年紀念特刊》。這是很典型的胡適文風，乾淨，清淺，平淡，從容，即使談論很嚴肅很學術的話題（慶典，且是中國最高學府的慶典）也喜用最日常的用語（諸如「小孩子」「小弟弟」「做生日」等）。真個是平白如話，但真的說話又不可能如此清晰精準，毫無冗詞贅字。所以，這樣的文字，其實還是做文章，是做出來的。既是做出來，頭腦裏總要先有一個朦朧的影子，或一種虛虛的文章的構架，不可能是全然憑空的。

在中國古代，有過「老嫗能解」的白居易的平白的詩，也有胡適自己一再提及的寒山、拾得一類的詩，卻少有與此相應的文。當然，也有過十分白話化的文字，比如朱皇帝的御批，宋儒和禪宗的語錄，還有就是《水滸》、《海上花列傳》以至《何典》那樣的白話小說，然而稍稍比一比就能發現，沒有一種在語調、風格上，是與之相近的。

那麼，胡適這種白話化的文體，是如何創造出來的呢？他有可能受過哪些方面的影響麼？

近年來已有不少人做過研究，認為這種文風受了《聖經》的影響。看來，這是有根據的。比如袁進先生就曾指出，自十九世紀六十年代後，歐化的白話就已在中國登場，其中較有代表性的是班揚的長篇小說《天路歷程》的白話翻譯。這主要是傳教士做的工作。他們與中國民間的語言工作者結合，成功翻譯的《聖經》，更是一個極重要的白話文本。周作人在〈聖書與新文學〉一文中說過：「前代雖有幾種語錄說部雜劇流傳到今，也可以備參考，但想用了來表現稍為優美精密的思想，還是不足。有人主張『文學的國語』，或主張歐化的白話，所說都很有理：只是這種理想的言語不是急切能夠造成的……這個療法，我近來在聖書譯本裏尋到，因為它真是經過多少研究與試驗的歐化的文學的國語，可以供我們的參考與取法。」他還說：「我記得從前有人反對新文學，說這些文章並不能算新，因為都是從《馬太福音》出來的；當時覺得他的話很是可笑，現在想起來反要佩服他的先覺：《馬太福音》的確是中國最早的歐化的文學的國語，我又預計它與中國新文學的前途有極大極深的關係。」此文寫於一九二〇年，應該說是對這一新文學源流的比較早的檢討。

胡適曾有一段時間大量接觸《聖經》，但主要是接觸英文本而非中譯，讀《天路歷程》也是取英文原作，這從他的留學日記中都可查到。如一九一一年六月三十日，就記有：「讀《馬太福音》第一至第五章。」七月一日又記：「讀《馬太福音》五章至七章。讀班洋之《天路歷程》。」七月二日記：「讀《馬太福音》八章至九章。」七月九日再記：「讀《馬太福音》。」此後幾天讀拉丁文，應付化學考試等，至七月二十九日又記：「讀《馬太福音》。」至九月二十四日仍有：「讀《馬太福音》兩卷。」十月十五日則記著：「Prof. Comfort有《聖經》課。」一九一二年的九月二十九日又記：「往聽H.E.Fosdick講經。」十一月一日記：「聽Pros.

N.Schmidt演講摩西及猶太諸先知，甚動人。」較有趣的是這年的十二月十六日，記他與友人「歸途同至戲園看戲，所演為本仁小傳及《天路歷程》（如《西遊記》，為寓言之書）」。本仁即班洋，一年前的譯名他似乎已淡忘；但從兩次提到《天路歷程》的語氣看，他在國內時未必見過中譯本。

對上述讀《聖經》的情況，胡適在〈我的信仰〉中說得很明白：

我留美的七年間……當意氣頹唐的時候，我對於基督教大感興趣，且差不多把《聖經》讀完。一九一一年夏，我出席於賓雪凡尼亞普科諾派思司舉行的中國基督教學生會的大會做來賓時，我幾乎打定主意做了基督徒。

但是我漸漸的與基督教脫離，雖則我對於其發達的歷史曾多有習讀……

《聖經》從文體來說，確有它特有的平白和簡單。因為要面向所有的人而不只是面向知識階層，所以它必須通俗清淺。也因《舊約全書》最初幾乎都是用古希伯萊口語表述的，這種古老語言的基本詞彙量很小，缺少描寫性詞語和抽象名詞；動詞系統時態很少，也沒有特定的形式來表示條件、虛擬和祈禱等語氣。這樣，《聖經》內容的豐富多樣和表述上的極平極簡，造成了一種很有趣味的格調，讓人過目難忘，頗多回味。這從《聖經》的中譯本中也能體會到。

從胡適的白話文中，可以讀到《聖經》的趣味，但細加咀嚼，卻又覺得不一樣。因為不管怎麼說，《聖經》再清淺，總還是「端著」的，是講一些遙遠而神聖的故事，從內容到文辭都不可能和我們很「貼」。兩種文本之間，還是隔著一道薄薄的牆。

也許，胡適還受著西方報紙、廣播、講演等文體的影響。胡適留美期間十分注意報紙與廣播，這在日記中時有記載。他往來聽各種講演極多，自己也積極參與講演。胡適對此十分重視，一九一一年二月二十八日記道：「夜有學生會，余適值日，須演說，即以〈虛字〉為題。此余第一次以英文演說也。」七月十九日則寫著：「偶與沈保艾談，以我輩在今日，宜學中國演說，其用為英文演說為尤大，沈君甚以為然，即以此意與三四同志言之，俱表同意，決於此間組織一『演說會』。」以後演說會不斷活動，輪流演說，胡適說得最多，還被推舉為主席。這種以美國流行的演說為範本的中文講演，對於後來胡適白話文風的形成，肯定是有大影響的。此前，當胡適尚未留學，還不滿十五歲時（一九〇六年），曾為《競業旬報》寫過大量白話文稿，該報第一期就有關於「地球是圓的」一段文字，後被胡適抄入《四十自述》：

> 譬如一個人立在海邊，遠遠的望這來往的船隻。那來的船呢，一定是先看見他的桅杆頂，以後方能夠看見他的風帆，他的船身一定在最後方可看見。那去的船呢，卻恰恰與來的相反，他的船身一定先看不見，然後看不見他的風帆。直到後來才看不見他的桅杆頂。這是什麼緣

故呢？因為那地是圓的……諸君們如再不相信，可捉一隻蒼蠅擺在一隻蘋果上，叫他從下面爬到上面來，可不是先看見他的頭然後再看見他的腳麼？

是的，這樣的文字已經很白話了，這也可見那時的白話報紙已為後來的新文學運動打好了前站。然而，如從文風上看，總覺得還不夠從容澹定，清晰簡潔，還有著一種火氣，更有梁啟超的「新民體」的痕跡。這與成熟期的胡適體，還是有著一牆之隔。

總而言之，把《聖經》的影響，報紙廣播以至演講的影響，加在胡適少年時期的白話文上，仍未完全達到「五四」後胡適的風格。就像一塊調色版，加上幾種顏色後，還是沒有調準，總覺得還缺一點什麼。缺的什麼呢？

其實，我們不妨回味一下，在閱讀和感覺的記憶裏搜索一下：我們讀過的中外文章，有沒有和胡適很相近的？肯定有，而且不會少。因為這種從從容容、清清淡淡的明晰，是我們很熟悉的美感。我一下子就能想起很多，但最為接近的，卻是列夫・托爾斯泰。我不是指他的《戰爭與和平》或《哈吉穆拉特》那樣的名著，而是指他為孩子們寫的《啟蒙讀本》、《新啟蒙讀本》、《俄羅斯讀物》以及《高加索的俘虜》那樣的短作品。他當然更受到《聖經》的影響，同時又願意為俄羅斯兒童提供一些最淺近的用以識字的讀物，而他還曾把這些讀物稱作自己最重要、最滿意的作品。我兒時讀過一些，居然至今未忘當時所體驗的那種親近和感動。遺憾的是，我只能讀中譯，現在抄在這裏的，也只能是中譯。這是一篇叫〈沙皇和襯衫〉的短文（吳墨蘭譯），寫一個沙皇生病了，據說只有找到一個幸福的人，把身上的襯衫脫下來給沙皇穿上，他的病才會好。於是——

沙皇派人到全國各地去找幸福的人。但是，沙皇派出的使者在全國各地找了很久，也找不到一個幸福的人。沒有一個人對一切都滿意。有的人很富，但是病魔纏身；有的人身體健康，但是很窮；有的人身體好，而且有錢，但是妻子不好；有的人孩子不好——總之，所有的人都在抱怨什麼。

這裏所要表達的，當然就是《復活》開首所反諷的「幸福的家庭都是一樣的」，這是托翁反覆思考過的基本的人生觀。但他此處寫得那樣淺——因為讀者對象不同。這個故事的結果，是皇太子終於找到一個幹了一天活正安心睡覺的人，想用高價買下他的襯衫，但他窮得根本沒有襯衫。

為什麼把這樣的文本和胡適聯在一起？我起先也覺得莫名其妙，但很快發現，它們確有內在的相通。它們都與《聖經》相近，也都與通俗演講相近，但與此二者又都有不同。不同在哪裡？就在於那種極度的平易、耐心、親切，再加上一種充滿愉悅的敘說的興趣。一個人，只有當他面對孩子時，才最易於用這種語氣。所以，這其實是全世界兒童文學、兒童讀物所特有的敘述風格。

胡適在外留學時，是否受到過西方兒童文學的影響？這是一個很值得查考的課題。曾有人編過一系列現代大家與兒童文學關係的專集，諸如魯迅、周作人、茅盾、冰心、葉聖陶、黎錦熙、陶行知等，卻從未有人想到編一本胡適與兒童文學的書。因為胡適極少正面談論兒童文學的話題。但事實上，從他的不經意的流露中，不難看出，他對兒童文學是熟悉的，也是有興趣的——

一九一四年九月十三日，胡適日記中有〈波士頓遊記〉，其中寫到「七日以車遊康可（Concord）」，在愛默生舊居不遠，「為女文豪阿爾恪特夫人之舊居。阿夫人著書甚富，其所著小說《小婦人》，尤風行一世。夫人家貧，自此書出，家頓豐。夫人之夫阿君亦學者。屋後數百步有板屋，為阿君所立『哲學校』，余亦往觀之……」胡適表現出深厚的興趣，遍覽了「夫人著書之屋」。《小婦人》可說是美國早期最著名的兒童文學。他不僅稱這位女作家為「文豪」，甚至還稱其為「英雄」，並依卡萊爾之言曰：「文人亦英雄之一種」。

一九一四年十二月，胡適曾作〈睡美人歌〉，認為對於中國，「睡獅之喻不如睡美人之切也」，遂歌以詠志。翌年三月十五日的日記中追記此事，且複述了睡美人的故事——而這正是我們所熟悉的格林童話中的名篇。胡適能信手拈出，可見早濫熟於胸。

一九一一年五月十八日的日記，記有「昨夜往聽演說」的事：「題為"Cowboy Songs in America"，即吾國所謂〈牧童放牛之歌〉。此君搜求甚多，亦甚有趣。」

一九一四年十一月三日，胡適在日記中詳記了女友韋蓮司給他說的印度神話「月中兔影」的故事。十一月十五日，他又在日記中寫道：「吾國古代亦有『月中玉兔』之神話，今約略記之……」最後總括道：「連類記此以自遣。少時不喜神話，今以社會學之眼光觀之，凡神話皆足以見當時社會心理風俗，不可忽也。」

胡適留學期間讀小說極多，其中包括狄更斯、托爾斯泰、屠格涅夫的作品，而他們的有些小說也是被認作兒童文學的。此外如宗教小說《天路歷程》，在西方也被列入兒童文學，胡適說它「如《西遊記》」，正是說到了點子上。胡適甚至還嘗試著動手翻譯兒童文學，那就是都德的短篇小說〈最後一課〉。這是一九一二年九月的事，九月二十九日的日記中記：「夜譯〈割地〉（即〈最後一課〉成。」此譯文不久即刊於《留美學生季報》。事後胡適曾得意地說，這是最早向國人介紹都德；他的法文老師還要去了譯文，說要寄給都德的遺孀。這篇譯文的文風，已經很「兒童文學」了（現在通行的文本與之相去未遠），這是他從法文的行文趣味中揣摩出的中文風格，此前並無類似的中文可作參照。那開頭的幾句是：

這一天早晨，我上學去，時候已很遲了，心中很怕先生要罵。況且昨天漢殊先生說過，今天他要考我們的動靜詞文法。我卻一個字都不記得了。我想到這裏，格外害怕，心想還是翹課去玩一天罷。……

胡適其實是一個很有童心的人，他後來的文章中，時常出現「小孩子」的比喻。對於與兒童有關的詩歌、圖畫、故事等，常能引起他的注意。他還在日記中，有意識地收存了不少充滿童趣的西方漫畫。一九一五年四月二十五日的日記，記了這樣一節：

火車中余座前有婦人攜兒可二三歲，睜睜望余，似甚親余。余與之語，其母謂余曰：「兒僅能斯拉夫語，不能作英語也。」然兒與余戲若素相識，余行篋中無食物可啖之，因剪紙為作飛鳥以貽之。

這種對兒童和兒童文學的興趣，貫穿了他的一生。一九二一年五月六日他記道：「十二時，去看趙元任。他譯的『Alice in Wonderland』（《阿麗斯漫遊奇境記》）差不多譯完了。這部書譯的真好！我在他家吃飯。」而此書的譯筆，與胡適的平白的文風極為接近。三年後，胡適為自己的愛情所苦，曾作了一首很有名的短詩，題目就是〈小詩〉，一共四行：「坐也坐不下，／忘又忘不了。／剛忘了昨兒的夢，／又分明看見夢裏那一笑。」後來他又刪了前面那兩行，讓它只剩了後面的兩句了。但此詩最有趣的還是後面的一段補記：

《阿麗思漫遊奇境記》中的貓「慢慢地不見，從尾巴尖起，一點一點地沒有，一直到頭上的

笑臉最後沒有。那個笑臉留了好一會兒才沒有」。（趙元任譯本頁九二）

由此可見胡適讀童話之細，也可見此童話在他心中的印象之深。

說到底，胡適自己的創作，有不少就可歸入兒童文學中去。如《嘗試集》中最早、也最出名的那首〈蝴蝶〉（原名〈朋友〉），即「兩個黃蝴蝶，雙雙飛上天」的詩，不就是典型的兒童詩嗎？在他的《嘗試後集》中，有一首譯詩，那是他一九四三年的譯作，但卻是從十幾歲時就開始喜歡並打算翻譯的作品，作者是美國詩人朗菲羅，詩題是〈一枝箭，一隻曲子〉。我以為，這也是典型的兒童文學。現也抄在這裏：

我望空中射出了一枝箭，
射出去就看不見了。
他飛的那麼快，
誰知道他飛的多麼遠了？

我向空中唱了一隻曲子，
那歌聲四散飄揚了。

誰也不會知道，
他飄到天的那一方了。

過了許久許久的時間，
我找著了那枝箭，
釘在一棵老橡樹高頭，
箭杆兒還沒有斷。

那只曲子，我也找著了，——
說破了倒也不希奇，——
那只曲子，從頭到尾，
記在一個朋友的心坎兒裏。

兒童文學的影響與《聖經》的影響是可以互補的，虔誠的基督徒托爾斯泰就是最好的例證。兒童文學與報紙廣播演說等也有相通處，這可從安徒生身上得到證明。安徒生作品的一位英譯者就曾說過：他自創的文體引起了當時的批評家的憤怒，但卻對丹麥散文的發展產生了巨大的影響；因為他說，「我寫童話，正如我對小孩子講一樣」，即拋棄了所謂文章體，「改用口語上的自然的談話的形式」；這就好像一篇論廣播英語的話，安徒生實在也可說是一個最初的廣播者，「這據說正是不列顛廣播會（B.B.O）的重要工作之一」。（可參見周作人文《安徒生的四篇童話》）

關於胡適與兒童文學的關係，雖還有不少材料可用，我們先就說到這裏吧。但有兩件事卻不得不提。其一就是陳衡哲的〈小雨點〉。當留美的胡適與友人還在激烈探討文學革命的問題時，陳衡哲已用莎菲的筆名寫了第一篇白話小說〈一日〉，由胡適編發在《留美學生季報》上，所以胡適稱她「是我的一個最早的同志」。而她的代表作〈小雨點〉，胡適認為是《新青年》時期「最早創作的一篇」。可以說，她是胡適文風的最初實踐者，而〈小雨點〉恰恰是一篇典型的兒童文學，寫的是雨點在大自然中漫遊的故事，嚴格地說是一篇童話。這樣的文風一落到創作，便先出之於兒童文學，我想這不是偶然的。

其二是老舍的長篇小說〈小坡的生日〉。老舍的風格自與胡適不同，但也與胡適的行文有很大關係，這我們會在以後說到。而老舍偶作兒童文學，便感到自己忽然發現了白話的秘密，卻很能發人深省。他後來寫過一篇《我怎樣寫〈小坡的生日〉》，其中說到：

> 最使我得意的地方是文字的淺明簡確。有了〈小坡的生日〉，我才真明白了白話的力量；我敢用最簡單的話，幾乎是兒童的話，描寫一切了。我沒有算過，〈小坡的生日〉中一共

到底用了多少字；可是它給我一點信心，就是用平民千字課的一千個字也能寫出很好的文章。

老舍在這裏說的，是用「最簡單的」、「幾乎是兒童的話」，「描寫一切」，而不只是描寫兒童生活；是用最少的字（這讓人想到構成《舊約全書》的古希伯萊語）「寫出很好的文章」，而不只是寫兒童文學。他從兒童文學中悟到這種「白話的力量」，是否可看作胡適當年在文學革命中披荊前行的過程的縮影？

我們大體探尋了胡適那一清如水的文體產生的原素，調色板是否調準了，還得看讀者和時間的評判。

四、嚐鼎一臠

胡適的白話文風，那種極度的平白、明晰、清淺，外加耐心、親切，而又充滿敘說的興趣——亦即帶有近世西方兒童文學敘述特徵的風格，幾乎成為那一時期中國文章的共同特點——除卻仍堅持用文言寫作者，以及文字個性特別強的那幾家外。更長期地看，這種文風一直延續至今，恐怕，只要還有中文白話，這種風格就不會絕跡。

且讓我們試看幾家——

> 一年以來，我有件最感苦痛的事情：就是每逢和人辯論的時候，有許多話說不出來——對著那種人說不出來——就是說出來了，他依然不管我說，專說他的，我依然不管他說，專說我的，弄來弄去，總是打不清的官司。……

這是五四時期著名學生刊物《新潮》第一期第一篇傅斯年的文章〈人生問題發端〉中的話，寫於一九一八年十一月十三日。從文風上看，也是平白而有孩子氣的趣味，只是作者年紀更輕，更容易喜歡那種排比的句式，同一期上羅家倫的文章也有這一特點。

我們幾個人發起這個週刊，並沒有什麼野心和奢望。我們只覺得現在中國的生活太是枯燥，思想界太是沉悶，感到一種不愉快，想說幾句話，所以創刊這張小報，作自由發表的地方。

這是著名的《語絲》週刊的〈發刊辭〉，刊出日期是一九二四年十一月十七日。雖然胡適也為《語絲》寫過稿，起草〈發刊辭〉的事則是不會請他做的。然而，如果有誰斷言這是胡適的手筆，光從文字上看，卻也很難否定。事實上，自胡適獨創了那一清如水的文風後，當時許多教授一下筆，常常是這樣的口氣（至於它的真實的作者，我們放到下回揭曉）。

我生平有一種壞脾氣，每到市場去閒逛，見一樣就想買一樣，無論是怎樣無用的破銅破鐵，只要我一時高興它，就保留不住腰包裏最後的一文錢。我做學問也是如此。……我已經整整做過三十年的學生，這三十年的光陰都是這樣東打一拳西踢一腳地過去了。

這是朱光潛一九三四年為《文學》月刊「我與文學」徵文所寫的〈一個失敗者的警告〉的開頭。再看一位也是從西方留學歸來的潘光旦的文字：

照現在的趨勢看去，中國人有一天太平了，想研究本國已往的文物起來，也許要到外國去才行。現在研究西洋文物，非到外國去不可；將來研究自己的文物，怕也非到外國去不可。現在的文化寄生生活，已經很可憐，將來的寄生生活，怕更要可憐咧！

這是他寫於一九三〇年的〈中國人與國故學〉一文的開頭。如果說，朱光潛、潘光旦，以及傅斯年、羅家倫，加上朱自清、顧頡剛、賀麟、羅爾綱、鄧廣銘，再加上輩份更低的費孝通、季羨林等等，他們都是胡適的學生輩的人物（有的乾脆就是他的學生），文風上有所傳承，這都不難理解；那麼，再來看兩位資歷比胡適老得多的古文大家，他們一旦寫起白話來，會是什麼模樣：

對於新詩，講起來很是慚愧，因為我的資格比舊詩更淺了。胡適之的《嘗試集》出版，我沒有感到興趣，因為這時候，我還是反對新文學的。現在的新詩壇，據我兒子無忌的朋友羅念生講，可分為郭沫若徐志摩和聞一多三大派；他說郭詩是一條瘋狗，徐詩是一個野雞，聞詩是一匹貓。不過，我是寧願贊同瘋狗的……

這段文字的作者，是前清秀才、曾為南社社長的詩壇名耆柳亞子。這是他一九三三年六月為《創作的經驗》一書而寫的〈我對於創作舊詩和新詩的感想〉。他所用的正是胡適似的「平淡的談話」，而且，「有時很像笨拙，其實卻是滑稽」（胡適語）。再來看一位大國學家馬敘倫的文章：

我自己覺得我的過去，可以自信的還在做人，總算十不離九，此外算讀書還勤的；可是，學問的成就也微細得可憐。本想時事太平，有補讀十年書的福氣，再得成就多些；不想勝利到來，偏又把我驅上民主運動的隊伍裏，一忽兒快兩年了，一本書也不能從頭到尾看它一遍……

這是寫於一九四七年五月的〈《我在六十歲以前》校後記〉中的話。柳亞子的信口而談，馬先生身為南方人而盡可能「兒化」的努力（「一忽兒快兩年了」），他們那從容平白的語態，都暗示著，他們其實都在追隨（儘管多半是無意的）胡氏文章的風範。

再來看看胡適的對手。在哲學觀點上，胡適和馮友蘭意見不合，兩人都做《中國哲學史》，為老子年代問題曾起過論戰，對立了幾十年。然而，在白話文章上，馮友蘭卻不可能不受胡適這位「開山祖」的影響。我們且看他晚年《中國哲學史新編》總結部分的一段話：

西方有一句話說，哲學家不同於哲學教授。哲學教授是從文字上瞭解哲學概念，哲學家不同，他對於哲學概念，並不是只作文字上的瞭解，而是作更深入的理解，並把這樣的理解融合於他的生活中。這在中國傳統的話中，叫做「身體力行」。例如，對於「大全」這個概念，如果僅作文字上的瞭解，那是很容易的，查字典，看參考書就可以解決問題。如果要身體力行，可就不那麼容易了。

多麼清淺明白，不慌不忙，而又是十足自信的，並隱含一種內在的興趣。這是在述說很深的理論問題，讀著仍叫人愉快，奧秘就在作者的從容與興趣上。現在因這樣的文章讀得多了，我們一般不會再追根尋源，就像吃慣了米飯不會覺得希奇，但如沒有最初的草創者，沒有當年胡氏文風的幾乎無所不在的大普及，今天的中國文章很可能不是這種形態。

我們再來看馮友蘭一段早年文章，取自「貞元六書」中的《新事論・評藝文》：

對於有些事物，所謂各民族間底不同，是程度上底不同，而不是花樣上底不同。例如就交通工具說，一個民族用牛車，一個民族用火車；就戰爭工具說，一個民族用弓箭，一個民族用槍炮；此是程度上底不同。交通工具的主要性質是能載重致遠，而且快，愈能載重致遠且快者，愈是好底，即程度愈高底交通工具。戰爭工具的重要性質是要能殺敵。愈能殺敵，即愈是好底、愈是程度高底戰爭工具。……但自房子之為房子的觀點看，則希臘式底建築與中國式底建築之差別，則是花樣上底差別。

他這樣不厭其煩地舉例和闡釋（我們已略去了一些），是為要說明，各民族之間「程度」上的差異是需跟進的，不然「不足以保一民族的生存」，而「花樣」（文化）上的差異卻可以「各守其舊」，不然「不足以保一民族的特色」。他的論說的從容和耐心，於此可見一斑。最奇的是，他竟拈出「花樣」二字，以這最普通的俗詞作關鍵字，以說明複雜的文化理論問題，其表達力卻是驚人的。當然，文中「的」「底」的用法，以及少量文言虛詞引入口語，使它與胡適的文體有一點表面的距離；但恰是「花樣」二字，透露了胡氏「談話風」的精魂。

胡適當然還有更嚴峻的對手，那就是左翼文人。可偏偏是兩種人，學他的文章最為努力，其一是他的學生輩，後來多成為大學教授的；其二就是左翼文人中的佼佼者。

我們先來看一位大理論家、《棗下論叢》作者、上世紀五十年代批胡適的主力之一——胡繩先生的文章。這裏且摘抄兩段，都寫於一九四〇年春天：

我看林則徐到底還是民族英雄，他主張戰就主張到底，並沒有叫饒，而且他在戰爭中的經驗使他知道必須自己力求進步。蔣先生（廷黻）要我們不要崇拜前一個林則徐，而要崇拜後一個林則徐，這也可以說是對的。……

中國古來對數字實在是太少關心了，從古籍中就難找到什麼可靠的數字，這對於研究中國社會經濟史的人增加了極大的不便。比如言土地的兼併，則「富者連田千頃，貧者無立錐之地」，這一類話雖也供給一個大致的概念，然而沒有更精確的數的表現，也就使得這概念不能成為十分明晰與具體。

前一篇題為〈林則徐〉，後一篇為〈關於數字〉，均收入作者《夜讀散記》一書。前一篇的語氣更有胡適式的「簡單味」，而後一篇連觀點也與胡適相近，試將胡適「文學革命」前後的論述找來對讀，頗能發現行文節奏上的相通處。作者直至晚年所寫的史學論著，始終未改這一文風。

當然，左翼文人中，有些本來就是胡適的學生，最典型的就是吳晗。吳晗不僅學業上得益於胡適，文風上也學得惟妙惟肖，雖然後來走了不同的道路，胡適則一直對他寄予厚望。上世紀六十年代，他的《朱元璋傳》傳到臺灣，胡適看了興奮不已，到處向人推薦（當時令胡適興奮的另一部大陸學術作品是錢鍾書的《宋詩選注》）。試讀《朱元璋傳》及吳晗的一切雜論、史著，都可看出那種娓娓而談、從容澹定、平白到可讓兒童閱讀的風格來。中國的史書本來是很艱深的，而現代的白話的史著卻一反此態，大抵「一清如水」，這不能不歸之於胡適的開風氣之功。當時還有一位與吳晗一樣出名的「進步教授」林漢達，走的也是胡適的學問路數，他於上世紀四十年代寫出白話《東周列國志》，在讀者中引起巨大反響。此書在五六十年代又經再版，幾乎影響一代文風。以後，凡是寫給少年兒童看的中國古代歷史故事與寓言故事，行文多是平白、清淺、徐緩、有味的，其實都是仿照林漢達體，而這也就是胡適之體。林漢達後來還有《前後漢故事》、《三國故事》及《上下五千年》（由他的學生續完）等作品問世，至今重印不絕，在學術性與通俗性的結合上已臻於化境。

另外，上世紀六十年代與吳晗合寫雜文專欄「三家村札記」的鄧拓（三家中的另一家是廖沫沙），係中共高級領導幹部，任《人民日報》總編輯多年，他讀書興趣極廣，為文喜廣徵博引，似有知堂散文之趣，但細按文心，卻還是胡氏文章風範。我們試著來讀一段：

> 如果學習歐陽修的辦法，我以為大家很容易都可以寫文章。因為歐陽修的「三上」，除了馬上只適合於騎馬的人以外，其餘二上（按指枕上、廁上）人人都能用，而我們即便不能在馬上構思，卻無妨在路上、車上、船上等空隙中構思。這既能鍛煉思維能力，又可以忘掉路途的疲勞，真是一舉兩得。

這是鄧拓的代表作（也是後來的獲罪之作）《燕山夜話》第二集中的最末一篇〈新的「三上文章」〉。讀這樣的文字，能感到一種靜氣，不急不緩，不溫不火，內在理路明晰，並伴以淡淡的幽默，感覺就像一個含笑的長者在同孩子說話，但決不是「蹲下來說話」，自然而然，落落大方。這樣一種美感，正是我們讀胡適文章時得到過的。

更能體現左翼文人受胡適文風影響的例子，是哲學家艾思奇。他的《大眾哲學》，那種從容、平白、耐心，而又處處注意敘述的趣味，一如與孩子說話般的口吻，都可以上溯到胡適。還有一個更極端的例子，就是毛澤東。我們不妨回憶一下《愚公移山》的語氣，看看對於《列子・湯問》中原文的白話譯說，活脫脫就是《嘗試集》時期的胡適之體。事實上，毛澤東早年很自覺地學過胡適的文風，也曾得過胡適的稱讚。而因為毛澤東文章的影響——中間還經過延安時期的「反對黨八股」——致使許多革命者悉心模仿，所以到上世紀五十年代，這一文風就更普及了（就連寫過幽深奇詭的《畫夢錄》的何其芳，到這時也以類似胡適的文風寫作了）。當然有些模仿會因過於刻意而失去內在的靈氣，這正如江青寫字亦學「毛體」，像則像矣，細看卻總是一種贗品模樣。而學毛澤東文章的平白、清淺、如對孩童般的多方取喻，最刻意者，莫過於張春橋，他甚至也學了一點毛式立論的大膽放辣，但因生性陰鷙，他一點也學不來毛澤東那種暗藏機鋒的滑稽與調侃，於是，他文中的孩童氣也就顯出了做作與虛假。

為什麼革命者和教師最易於接受胡適的文風呢？這就要說到「談話風」散文的一個本質的特徵了。談話，總是有對象的，可以說，「談話風」的各個流派，各種風格，歸根結底，都取決於這談話針對什麼對象。而胡適的風格，很明顯，是面對最廣義的學生的，他要清清淺淺地把事情講清楚，把道理說明白，正如他在《四十自述》中所說：「我抱定一個宗旨，做文字必須要叫人懂得，所以我從來不怕人笑我的文字淺顯。」革命者要普及自己的理論，要發動群眾，這就不能不淺顯，不能不耐心，艾思奇的《大眾哲學》是最好的例證，而它當年在讀者中的影響也是極為巨大的。毛澤東常愛稱自己是「teacher」，這也可說明他與胡適在文章上的相通相契。而魯迅、周作人在文字風格或曰「談話對象」上，與胡適就有明顯的不同，這我們以後將會詳論。

然而，每一種文字風格，落到不同的作者身上，總會有漸變，有微調，所以細加分析，還是不會相同的，所謂「墨分五色」，正同此理。天長日久，由「漸」入「頓」，積微成巨，也不是沒有可能。比如，毛澤東儘管學胡適，但早年文章，由於血氣方剛，也由於更早的時候曾受康、梁影響，所以不免常有排比的句式，有「新民體」的痕跡，並時有慷慨激昂振臂一呼的姿勢，這在胡適的文章中是不大看得到的。毛的中後期的文章，則又肆意調侃，了無顧忌，天馬行空，涉筆成趣，比之於胡適的謹慎的學者風，自然又有很大不同。所以說，胡適的文風漸漸成為許多白話文章的底色，在這底色上，不同的作者會畫出不同的圖畫，但籠統地說，他們仍是一家，那就在於他們的平白、清淺、耐心、有趣上。

關於這一點，還可以老舍為例。老舍行文，一味幽默打趣，年輕時更是如此，這和胡適當然很不同。雖然胡適也說「有時很像笨拙，其實卻是滑稽」，但那是清清淡淡、含而不露的滑稽，與老舍在文中不時插入相聲式的玩笑口吻，有明顯的區別。但老舍文章的底子，還是清淺的口語，所以，一旦他不開玩笑了，好好地說事了，馬上就能看出胡氏文章的底色來。他有關〈小坡的生日〉的自述，坦陳自己真正「明白了白話的力量」，「敢用最簡單的話，幾乎是兒童的話，描寫一切了」。試讀〈小坡的生日〉的第一章，那和胡適的文風，的確是相當接近的。

我們甚至還可以錢鍾書為例。當錢鍾書以文言寫作時（例如《管錐編》），他在「談話對象」上更接近於周作人；然而，他的白話文章，尤其是胡適所說的「長篇議論文」，卻分明也有胡氏文章的底色。比如：

這個道理，前人早懂得。狄德羅說，詩歌裏可以寫一個人給愛神射中了一箭，圖畫裏只能畫愛神向他張弓瞄準，因為詩歌所謂中了愛神的箭是個譬喻，若照樣畫出，畫中人看來就像肉身受重傷了。我在不是講藝術的書裏，意外地碰上相同的議論。倪元璐《倪文貞公文集》卷七……（下略）

這是《舊文四篇》裏〈讀《拉奧孔》〉一文中的話。由於錢鍾書的文章常有很密集的創見和引文，又時有令人忍俊不禁的妙喻或反話，有的讀者就記住了這些特徵，卻忘了闡說他的那些創見，連綴那大量妙喻或引文的，其實還是十分平白、清淺的口語。他甚至不愛用專業的術語，而寧可用「我在不是講藝術的書裏」這種近乎兒語而十分準確的句式。他譯述狄德羅的話，也頗有胡適之式的白話趣味。從這裏就不難看出他的文章的底子了。事實上，在楊絳的文章裏，這樣的底子就更明顯了。

那麼多專家、教授、學者，那麼多大文化人，寫文章都有意無意地學胡適之體，而這樣的文體居然還有西方兒童文學的趣味（參見上一篇〈一清如水〉），這樣說，會不會讓專家們臉面無光？我以為，決不會！這非但不丟臉，還實在是五四以後中國文章的一種光榮。正因為有胡適的開風氣之先，能把白話文章寫得一清如水，大家就都往這一方面努力，一定要寫得清晰易懂，一定要保持最好的耐心，而且一定要有趣有味，這要有多大的能耐才辦得到！由此形成的新傳統，是中國文章史上的奇蹟，也可說是文章史的輝煌一頁。在那幾十年裏，最有才華最有學問的人大多能寫一手清淺有味的好文，他們不賣弄才學卻竭盡全力讓學問傳播開去，他們總能使自己的文字達到極清淺而極深刻。所以，那一代學問家的文章，大多可以當作上乘的散文來讀——他們的論文就是廣義的美文。我不知道，除了五四後的中國，還有哪一國的教授們（我不是指哪個個別的教授）能做到這一點。

此刻，當我寫這篇文章的時候，國內文壇正為《讀書》雜誌的文風問題，展開了一場爭論，許多報刊都發表了不同意見的文章。對近十年來的《讀書》，黃裳、舒蕪、范用、朱正、何兆武、沈昌文、陳四益等，都提出了批評。此前，我還曾親耳聽到過柯靈、馮亦代等老先生的相似的批評。雖然我至今認為《讀書》仍是中國最重要的雜誌，這一地位並未因文風而動搖，但我對它後來的文風演變，也是頗為不滿的。本來，這本雜誌創刊之初，一是領思想界風氣之先，二是以其美文著稱。但十年前，自從換了年輕的主編後，選題上逐漸加重了社會科學各領域的探討，文章上專業論文的成分日益加重，專業術語多起來了，叫嚷「看不懂」的讀者也多起來了。而趣味性、文人氣，被編者看成是與學術性不易相容的東西，被逐步淘汰，老一輩文化人的雋永的美文也明顯減少了。面對批評，辯之者稱，進入九十年代，大量關係國計民生的和世界性的問題推到面前，它們不同於那些文藝問題，它們本來就是迫切的、艱深的，怎能要求他們再像過去那樣去做好看的文章？

於是，我想到了五四以後的那幾代學人和他們的文章論著，他們又何嘗不是面對關係到中國和世界的種種迫切的難題？他們的研究，也深入到了大量艱深的學術領域，其中也包括社會科學各領域，但他們的文章，仍能寫得一清如水。現在隨手即可舉出的，就有：胡適與馮友蘭關於中國古代哲學的探討，呂澂關於印度與中國佛學源流的梳理，趙紫宸的基督教研究，任鴻雋的科學史研究，梁思成與林徽因的古建築學研究，陶行知、林漢達的教育學理論，顧頡剛、江紹原與鍾敬文的民俗學，費孝通的社會學與人類學，賈祖璋的生物學，陳原的地理學，自趙元任到周有光的語言文字學研究，知堂以至舒蕪的婦女問題研究，顧准、孫治方的經濟問題研究，馬寅初的經濟學與人口理論……還可以舉出好多好多，這都不局限於文學藝術，但這些作者無一不有「文人氣」，他們的文章也無一不具真性情，更重要的是，他們都能自如地運用「談話風」，把學術文章寫得「一清如水」——事實上，他們都是「文章家」，他們的文章都能當作散文讀。

這樣看來，新一代的不少學人，之所以不能寫出像前輩那樣的美文，主要還是未能充分認識五四以後中國文章優美可貴的新傳統。他們多為留洋的博士（其實老一輩學人中也不乏西方名校博士），他們所學的是國外學院派論文的論證方式，但他們「入乎其內」，卻未能像第一代學人那樣「出乎其外」。在面對中國大眾，面對像《讀書》那樣的非專業的雜誌時，如果還只習慣於以課堂討論、論文作業的方式說話，那就不能不留下遺憾。

至此，我們就更能體會胡適那「一清如水」的文風的可貴了。

附記：

本章介紹了與胡氏文章相近相關的各家文體，也引用了他們的文章片斷。這樣做有個危險，就是從風格完全不同的作家的書裏，也有可能挑出幾句你所需要的文字來。所以，我時時警誡自己：一定要在大體把握了這位作家的風格之後，再去尋找較有代表性的引文。作為文題的「嚐鼎一臠」，與成為笑柄的「瞎子摸象」，其實是頗有相近之處的，即都想取其一點而略知全局。我所做到的是前者還是後者，只能由讀者來評判。但我真心希望，能有更多的朋友都來探究文體和文心——這與任何艱深或迫切的研究都不相矛盾——有了這樣的關心和探究，中國文章的優美的新傳統，才不致在我們手裏黯然消褪。

五、在人世的大沙漠上

胡適的「談話風」產生了巨大的影響，但這並不等於說，「五四」後的中國文壇，已成為這一文體的一統天下。不僅有一批專家教授仍堅持用文言寫作（此中不乏頗具新觀念新方法的學人，如「學衡派」的陳寅恪等），即使同一營壘中的「新青年」幹將，如魯迅、周作人等，在文章的風格上，也是各行其是的。風格上的多樣化，保證了中國語體散文很快走向成熟。

確切地說，胡氏文章，並非沒有它的弱點或不足。首先對之感到不滿，並提出異議的，便是周作人。在新文學史上，周作人兩次向胡適的文體發難，兩次都極大地推進了中國現代散文的發展。而更為可貴的是，這絲毫沒有損害他們之間的友誼，反而使他們更尊重對方了。中國文章正是在這種相互間的肯定與否定中，扶搖直上的。

周作人第一次發難，也就是發表了我們前面曾經說過的〈美文〉。這一次主要針對體裁上的單一。他在文中指出：「外國文學裏有一種所謂論文，其中大約可以分為兩類。一是批評的，是學術性的。二是記述的，是藝術性的，又稱作美文，這裏邊又可分出敘事與抒情，但也很多兩者夾雜的。這種美文似乎在英語國家裏最為發達……但在現代的國語文學裏，還不曾見有這類文章，治新文學的人為什麼不去試試呢？」當時是一九二一年，因為胡適的帶頭提倡，也因為時之所至，各種議論性學術性的白話散文，一時間十分發達，《新青年》、《新潮》、《每週評論》，以及《京報》、《晨報》的副刊上，到處都是這樣的文章。它們思想內容上的創造性和重要性，自不待言；但在文章的形式上，卻實在是太單一了。所以，周作人才振臂一呼，籲請「治新文學的人」也來試寫「藝術性的」、「敘事與抒情」的英美式的「美文」。他自己也身體力行，寫出了〈苦雨〉、〈烏聲〉、〈初戀〉、〈蒼蠅〉、〈故鄉的野菜〉、〈北京的茶食〉以至〈烏篷船〉那樣的散文名篇。他一時成了最重要的小品散文的名家（到現在為止，也還有人以為他最重要的文學貢獻就是這一類的小品）。這些作品多完成於一九二四年，此後仿者蜂起，形成了中國文壇經久不衰的「小品熱」。而朱自清、俞平伯、冰心、葉聖陶等優秀的小品作家到這時也漸趨成熟，文壇上單一的議論文時代遂告結束。

對於周作人的發難和提倡，胡適是看得很清楚的。所以，在第二年，即一九二二年，其時小品散文剛略有起色，真正的名篇都還未誕生，胡適就在《五十年中國之文學》中說：「白話散文很進步了。長篇議論文的進步，那是顯而易見的，可以不論。這幾年來，散文方面最可注意的發展乃是周作人等提倡的小品散文。……這一類作品的成功，就可徹底打破那美文不能用白話的迷信了。」他真是有容乃大，而且極度敏銳。他首先肯定「長篇議論文」，但只輕輕帶過，隨後就以重筆談「周作人等提倡的小品散文」。因為他心裏明白，有了他所提倡的語體學術美文，再有了周作人提倡的抒情敘事的藝術性的小品，中國的白話散文才算走上正軌，也才稱得上完整乃至完美。

雖然周作人當時的「美文」主要指後一種文體，但事實上，後來的人們還是將胡適體的「長篇議論文」也包括在廣義的美文裏（筆者則更習慣於將各類「談話風」散文統稱為「美文」，本書中的文章也正是這樣用的）。即使周作人自己，以後也不喜單稱小品為美文，而更願意將二者一概稱為「文章」，並很愛探究二者共通的「文章之美」。顯然，他在一九二一年大力提倡並在以後幾年大力創作小品，目的正是要打破文體過於單一的現狀。至此，我們也就不難理解何以到一九三五年，他竟會說「我不一定喜歡所謂小品文，小品文這名字我也很不贊成，我覺得文就是文，沒有大品小品之分」這樣的話了（請參看《閒說》的第一篇〈文學史上的一件大事〉）。

周作人的第二次發難，可以他在輔仁大學的長篇講演〈中國新文學的源流〉為標誌。那是一個時間相對較長的過程。他所針對的，主要就是胡氏文章的風格特徵了。簡而言之，他不滿於胡適的平白清淺。

其實周氏文章本身也有平白清淺的一面，這也成為了他的文章的一種「底色」。別的不論，就以我們上一篇中所引的〈《語絲》發刊詞〉為例，它的作者不是別人，正是周作人！周作人下筆時，常會出現那種「極度的平白、明晰、清淺，外加耐心、親切，而又充滿敘說的興趣——亦即帶有近世西方兒童文學敘述特徵」的文字。何況，與胡適不同，他本來就是「五四」以來最為重要的兒童文學的提倡者和研究者，他對兒童文學的癡迷可說是終身不渝的。他後來總結散文藝術時，提出要「簡單味」與「澀味」相結合，那「簡單味」，也就是胡適式的平白、清淺外加一定的滑稽。在拙著《解讀周作人》中，我曾指出，在「簡單味」與「澀味」的背後，那更深一層的人性的根源，就在於周作人身上有著「兒童心態」與「老人心態」，這兩者的結合，構成了他的文章的特有的魅力。比如他的名文〈前門遇馬隊記〉中，有這樣的文字：「那馬是無知的畜生，他自然直衝過來，不知道什麼是共和，什麼是法律。但我彷彿記得那馬上似乎也騎著人，當然是個兵士或員警了。……我當時理應不要逃走，該去和馬上的『人』說話，諒他也一定很和善，懂得道理，能夠保護我們。我很懊悔沒有這樣做，被馬嚇慌了，只顧逃命，把我衣袋裏的十幾個銅元都掉了。」如果不瞭解此文對於鎮壓愛國學生的北洋軍閥強烈的控訴和反諷，只從字面上看，那是很容易與《吹牛大王歷險記》等兒童文學名著聯繫到一起的。也就是說，周氏文章中的「童趣」，其實比胡適是有過之而無不及的。

但周作人認為，文章不應都這麼淺顯，還得有更耐咀嚼的一面。他這觀點，到一九二八年末，為俞平伯的第一本散文集《燕知草》作跋時，已經相當成熟了。而對胡氏風格的批評，也在此文中呼之欲出。他寫道：

> 我也看見有些純粹口語體的文章，在受過新式中學教育的學生手裏寫得很是細膩流麗，覺得有造成新文體的可能，使小說戲劇有一種新發展，但是在論文——不，或者不如說小品文，

不專說理敘事而以抒情分子為主的，有人稱他為「絮語」過的那種散文上，我想必須有澀味與簡單味，這才耐讀，所以他的文詞還得變化一點。以口語為基本，再加上歐化語，古文，方言等分子，雜揉調和，適宜地或吝嗇地安排起來，有知識與趣味的兩重的統制，才可以造出有雅致的俗語文來。我說雅，這只是說自然，大方的風度，並不要禁忌什麼字句，或是裝出鄉紳的架子。

他在此中至少強調了幾點：一、「絮語」散文不同於小說戲劇，不能滿足於中學生也能掌握的流麗的口語，而應追求雅致和耐讀；二、這是「有雅致的俗語文」，所以仍是「以口語為基本」，亦即承認胡氏文風為其「底色」；三、但必須加入「澀味」，要有多種語言成分的「雜揉」，要有知識與趣味的精心調和，要讓它豐富和複雜起來；四、雖如此，這種「雅」還是以「自然、大方」為宗旨，切忌那種排斥俗詞的裝腔作勢、故作風雅，所以它還是新文學，而與舊文學堅決劃清界限。應該說，這段話是說得相當透徹的。透徹的充滿理論性的話，竟能以如此「文學」的方式閒閒寫來，這正是周氏「談話風」的特色所在。而從這段文字裏，我們也可看出：什麼是「簡單味」與「澀味」的調和，什麼是「知識與趣味的兩重的統制」，什麼是絮語散文的「耐讀」。

為能更增添些感性，這裏再引一段受周作人稱讚的俞平伯的文字，且舉這本《燕知草》中〈眠月〉的結尾，此文的副題是「呈未曾一面的亡友白采君」——

我今日雖勉強追記出這段生涯，他已不及見了。他呢，卻還留給我們零殘的佳句，每當低吟默玩時，疑故人未遠，尚客天涯，使我們不至感全寂的寥廓，使我們以骯髒的心枯乾的境，得重看自己昔年的影子，幾乎不自信的影子。我們不能不致甚深的哀思和感謝。

雖明明是一封無法投遞的信，但我終於把它寄出去了！這雖明明是一封無法投遞的信。

我想，這段既明白如話而又自然地夾雜著許多古文成分，一時或許讀不順卻終能發現其非凡的詩意節奏，充滿抒情性與現代感卻絲毫沒有「學生腔」的文字，其耐讀是無疑的。而它與胡氏文章的區別，也應是一眼就能看出的吧。

到了一九三二年，當周作人做〈中國新文學的源流〉講演時，就把這為時並不太長的白話散文風格的演變史，講得更清楚了。他是從明末的「公安派」與「竟陵派」講起的：

對他們（指公安派）自己所作的文章，我們也可作一句總括的批評，便是：「清新流麗」。……不過，公安派後來的流弊也就因此而生，所作的文章都過於空疏浮滑，清楚而不深厚。好像一個水池，污濁了當然不行，但如清得一眼能看到池底，水草和魚類一齊可以看清，也覺得沒有意思。而公安派後來的毛病即在此。於是竟陵派又起而加以補救。竟陵派的主要人物是鍾惺、譚元春，他們的文章很怪，裏邊有很多奇僻的詞句，但其奇僻絕不是在摹仿左馬，而是任著他們自己的意思亂作的，其中有許多很好玩，有些則很難看得懂。……那一次的文學運動，和民國以來的這次文學革命運動，很有些相像的地方。兩次的主張和趨勢，幾乎都很相同。更奇怪的是，有許多作品也都很相似。胡適之，冰心，和徐志摩的作品，很像公安派的，清新透明而味道不甚深厚。好像一個水晶球樣，雖是晶瑩好看，但仔細地看多時就覺得沒有多少意思了。和竟陵派相似的是俞平伯和廢名兩人，他們的作品有時很難懂，而這難懂卻正是他們的好處。同樣用白話寫文章，他們所寫出來的，卻另是一樣。不像透明的水晶球，要看懂必須費些功夫才行。

這裏把胡適、冰心、徐志摩的名字都點出來了，而且借助於談公安派，把胡氏文章的優點和流弊（其實主要是流弊）說得毫不含糊。那「一眼能看到池底」，「味道不甚深厚」，「仔細地看多時就覺得沒有多少意思了」等等，都是點中要害的話。

此處順便澄清一個誤解：過去多有論者認為周作人好談晚明，並自比公安竟陵；從上述文字看來，這說法是不確的。他說公安派，是指胡適及廣大的追隨者；說竟陵派，是指以文字的險僻難懂補救一味清淺的時風的廢名、俞平伯等年輕作家。而他自己，雖然對後者頗多稱讚，其實是並不置身其間的。因為竟陵派畢竟帶有一定的文體實驗的性質，其矯枉過正，於補救時風功莫大焉，自身的文學成就卻也受到影響。廢名後期的文章愈益艱澀難讀，就是一個明證。周作人後期的文章澀味也很重，但與廢名，甚至與俞平伯也並不是一回事。他也可說是文體探險家，但無論在哪一探險階段，表現形式上的「搞怪」，他是無心涉獵的。他總是盡可能使自己的文章更本色，更少用一點技巧，他的澀，主要是內容本身形成的，也就是他的人本身的複雜、深厚，以及話題、材料與文體的不尋常造成的。所以相比之下，作為老師的周作人，文章委實比俞平伯和廢名大氣得多。他也矯枉，但不願為矯枉而過正。這在晚明散文譜系中也有一比，就在《中國新文學的源流》中，他這樣說道：

後來公安竟陵兩派文學融合起來，產生了清初張岱（宗子）諸人的作品，其中如《琅嬛文集》等，都非常奇妙。……這也可以說是兩派結合後的大成績。

這些話，仔細讀來，是有點夫子自道的味道的。

這種逐漸超越了清淺平和的文體，會不會遠離廣大的讀者呢？這的確是個問題。我們知道，胡適在這一點上態度十分明確，他曾說：「我抱定一個宗旨，做文字必須要叫人懂得，所以我從來不怕人笑我的文字淺顯。」（《四十自述》）為什麼周作人可以不考慮這一點？我想，這就是他們為文的目的的不同了。

二〇〇七年春節，當我在電話中向辛豐年先生拜年，順便談了我寫這組「閒說」的打算後，他推薦我讀金克木先生早年的文章〈為載道辯〉（收入《蝸角古今談》）。我讀後，不甚喜歡，覺得不似金先生晚年文章那麼通脫有味，但其中有一段卻很警醒，談清了不少問題。當初周作人把中國文章分為「言志」與「載道」兩派，金先生（那時才二十多歲）的理解自是與眾不同：

一種是可以把自己的意思明白說出來，讓原來不懂的人懂；另一種是說出來只能讓已明白的人會心卻不能讓本沒有明白的人明白。想說明一件事理，想宣傳一種主義，想使本不明白的人從此明白過來，這自然要首先肯定了文字有這種效力，再不可避免地應用第一種方式。在科學的，實用的文中是當然如此，而應用到文學文中便是某一種的載道文章。反之，認為文學文要說什麼就不能讓原來不懂的人懂，而原來已懂的人又當然可以懂，所以寫出的文就必然取第二種方式，而結果便只得令讀者自己去悟道，等道行滿了才能豁然貫通。所以有的文章是只有在讀者達到與作者同等境界時才能顯出它的好處來。

這話說得很妙。事實上，胡適的文體就是一種「實用的文體」，稱它「載道」也未嘗不可。雖然他不贊成多談主義，但終究還是要讓人懂的，是有用的；周作人的則是「藝術的文體」，是「言志」的，只給與自己處於同一層面的讀者拈花微笑的。我在先前說過，談話風散文的風格與談話對象密切相關：胡適是天生的老師，他面對廣大的學生而談；周作人則把學生以至民眾都排除在外，他只寫給自己的朋友看。

為什麼會這樣呢？是由於失望，甚至絕望。本來，周作人和魯迅一樣，也是積極投入啟蒙，企望喚醒民眾的。但中國社會的黑暗讓他感到了文字的無力，民眾的不覺悟更讓他感到了心寒。從寫〈閉戶讀書論〉的時候起，他的文學觀念發生了很大變化。他進而發現，人與人的心靈其實極難相通。於是，他更認為文章不應寫得情感起伏抑揚，因為強烈的情感本來就是內在的，是表達不好的。「我們回想自己最深密的經驗，如戀愛和死生之至歡極悲，自己以外只有天知道，何曾能夠於金石竹帛上留下一絲痕跡，即使呻吟作苦，勉強寫下一聯半節，也只是普通的哀詞和定情詩之流，哪裡道得出一份苦甘……」那麼怎麼辦呢？不如淡淡地寫，讓能夠會心者來讀。「文章的理想境界我想應該是禪，是個不立文字，以心傳心的境界，有如世尊拈花，迦葉微笑，或者一聲『且道』，如棒敲頭，夯地一下頓然明瞭，才是正理，此外都不是路。」（〈志摩紀念〉，載《看雲集》）他不想以文章去打動人，更不想被別人所打動。那為什麼還需要文章呢？原來，只是為使同道者，能會心一笑者，在孤寂苦楚中得到一種相互的慰藉。〈有島武郎〉（載《談龍集》）的收尾正可看出這一點，讓我們抄在這裏吧：

有島君死了，這實在是可惜而可念的事情。日本文壇邊的「海乙那」（Hyaena）將到他的墓上去夜叫罷，「熱風」又將吹來罷，這於故人卻都已沒有什麼關係。其實在人世的大沙漠上，什麼都會遇見，我們只望見遠遠近近幾個同行者，才略免掉寂寞與虛空罷了。

這樣的文章會不會空疏無物？絕不會，因為他們並不是在作「我的哥哥呀」之類的空洞抒情，這些「遠遠近近的同行者」決非等閒之輩而恰是最有文化的人群，他們都在自己的研究和思索中度日並按著各自的趣味發而為文，所以，反過來，這些文章，往往倒正是世間最頂尖的好文。這道理不難明白，因為，一味清淺以讓學生們掌握也罷，充當策士以求當政者吸納也罷（後期《讀書》雜誌的有些文章略有此意），努力依照學院的格式填寫論文也罷（許多學報與社科刊物正是這樣做的），抑或竭力逗趣以博取更廣大的受眾（這是當下不少電視講壇的共同傾向），都不免要犧牲掉一部分自己，在不同程度上都可說是屈己以從人。相反，周作人式的文章，因為確認自己身處「人世的大沙漠上」，對上述一切都已絕望，於是才真正為自己而寫——為朋友也正是為自己，朋友亦即所謂「知己」者——這才有可能保留作者完整的趣味和性靈。在周作人的〈結緣豆〉中，這層意思談得最為透徹，這也是周氏文章中最耐咀嚼的名篇，想領略其文章之妙者，不妨找來一讀。文載《瓜豆集》。

周作人曾撰文談不同性質的翻譯，其原理頗相近似，抄錄以作對照：

這裏大概可分三種，一是職務的，二是事業的，三是趣味的。職務的翻譯是完全被動的，因職務的關係受命令而翻譯……此種工作要有極大語學能力，卻可以不負責任。……事業的翻譯是以譯書為其畢生的事業，大概定有一種範圍，或是所信仰的宗教，或是所研究的學術，或是某一國某一時代的文藝，在這一定的範圍內廣泛的從事譯述紹介。……這是翻譯事業的正宗，其事業之發達與否與一國文化之盛衰大有關係。可惜這在我國一直就不很發達。至於趣味的翻譯乃是文人的自由工作，完全不從事功上著想，可是其價值與意義亦仍甚重大，因為此種自動的含有創作性的譯文多具有生命，至少也總是譯者竭盡了心力，不是模糊敷衍之作，那是無疑的。……此是一種愛情的工作，與被動的出於職務關係者正是相反也。不過這樣的翻譯極不容易，蓋因為知之深，愛之極，故著筆也就很難……要想翻譯文學發達，專來期待此項作品，事實上本不可能，但是學術文藝的譯書中去找出有生命的，大抵以此項為多，此亦是自然的事。（〈談翻譯〉，載《苦口甘口》）

如果作一簡單類比，那「職務的寫作」大概近乎為首長代筆或起草文件一類，「事業的寫作」則以胡適之體撰文的專家、教師、革命者、宣傳家為多；而「趣味的寫作」只有周作人那樣的文體才可當得。雖然，這種「文人的自由工作」、「愛情的工作」，其受眾之廣狹，斷不能與前二者相比（第二種是自發的廣；第一種由於有官方推薦，傳播往往更廣），但要是從藝術的眼光看去，要說文章之好，內在生命力之綿長，卻只有它們最可當得。我在〈文人傳統與創作生命〉這篇中曾舉出一批「文革」後復出的最受歡迎的文人，也曾舉出許多生命力特別綿長的大文化人，其中，恐怕絕大多數，都是寫周作人式的文章者。

胡適、魯迅、周作人，是中國現代談話風散文的三大重鎮。魯迅晚年，在回答誰是當代中國最好的散文家時，列出的名單，第一個就是周作人。據說，胡適晚年到處搜羅周作人的集子，並對人說，我們這代人中，文章真正耐讀的，還就是他了。又據周建人說，魯迅晚年發高熱時，還在看周作人的書。他們的態度和評價，值得後人深思。

六、「苦雨齋」的文脈

周作人的文章對中國文壇產生了大影響，這一點是無庸諱言的。然而，落實到具體的人，情形就不那麼簡單了。有些老作家因各種原因，不願承認自己身上有周作人的影子。而知堂文體本來就很複雜，中間有過幾次大的變更，這也使人不易看清文學史上一些微妙的影響和傳承的關係。另外，文風的繼承，本身也是一個很纏夾的問題，存在著不少誤解。

前不久，在一次討論《金性堯全集》的會上，就有一位朋友提出，周作人的四大弟子（俞平伯、廢名、江紹原、沈啟无）都沒有繼承周作人的文脈，他們只是交往較多，是弟子和朋友罷了，他們的文章和周作人並不相似；真正繼承周作人傳統的是後來的金性堯和紀果庵。我聽後不覺一愣，隨即啞然而笑，我發現，這是將文脈的傳承看窄了。當然，也可以說，存在著不同層次的傳承：下一級層次的傳承，是行文和形態上的酷肖，甚至遣詞造句都很類似，這可以說是模仿；往上一級的傳承，則除了行文上的相像，更注重內在的趣味和情調上的合拍；更高一級的傳承，是並不損害創作者個性自由發揮的繼承，其文章外表也許看不出向乃師靠攏的痕跡，但在精神上卻是十分一致的，要仔細品味，才能發現二者的妙合。可以說，低一級的，屬於「形似」；最高一級的，才是「神似」。形似的學知堂文風的有的是，抄幾段古書，弄幾句半文半白的文字，甚至把句末的表示語氣的「吧」一律寫作「罷」，這樣的文章我們看得並不少，但如沒有真正精彩的內容，看多了，徒讓人喪氣而已。

那麼，那幾位「苦雨齋」弟子的文章與乃師到底是怎樣的關係呢？我們且分析一下俞平伯與廢名吧。

周作人曾有一次說到：「據友人在河北某女校詢問學生的結果，廢名君的文章是第一名的難懂，而第二名乃是平伯。本來晦澀的原因普通有兩種，即是思想之深奧或混亂，但也可以由於文體之簡潔或奇僻生辣，我想現今所說的便是屬於這一方面。」（〈《棗》和《橋》的序〉）

先說俞平伯。俞平伯的晦澀，既有思想的原因，也有形式的原因。前文曾經說過，周作人的性格是由「兒童心態」與「老人心態」奇妙地組合成的。俞平伯與廢名的性格，與周作人頗有相通之處，這也體現在他們的文章中。但總的看，俞平伯更多地承接了周作人的「老人心態」，雖然他也常有天真的一面；廢名則更多地呈現出「兒童心態」，儘管他也有老氣橫秋的時候。

當俞平伯還是個十八九歲的北大學生時，受到「五四」大潮的衝擊，也有過「浮躁凌厲」的經歷。他積極提倡「詩的平民化」，高呼：「我們應當竭我們所有底力，去破壞特殊階級底藝術，而建設全人類底藝術。」但這種戰鬥者的姿態沒保持多久，到一九二二年下半年，他親歷了「五四」退潮期的種種失敗和失望，情緒就變得低沉傷感。他開始信奉「剎那主義」，這有點「近於佛家的所謂『空』」。如果真的斬斷了縱向和橫向的一切外緣，把自己孤立起來，只專意於眼下的「剎那」，那就無異於一個出家的佛徒了。但俞平伯不願意這麼做，他所要的是既斷且連的因緣，所取的是介乎於出世與入世之間的人生態度。在〈重刊《浮生六記》序〉中，俞平伯寫道：「我們與一切外物相遇，不可著意，著意則滯；不可絕緣，絕緣則離。記得周美成的〈玉樓春〉裏，有兩句最好，『人如風後入江雲，情似雨餘粘地絮』，這種況味正在不離不著之間。」他想對萬物處於「不離不著之間」，把人生當成「清眠不熟的時光」的「不關痛癢」的夢境——這正合於禪宗哲學。他想以此來抵禦外界的黑暗和心靈的空虛，這是他的散文讓人覺得古意盎然的原因之一。綜觀他的幾本散文集，一個總的主題，便是「沒奈何」，「生命無常」，「一切都是夢幻」。如《燕知草》的壓卷之作〈重過西園碼頭〉，雖序中稱其為「昔年同學於北大文科」、不久前忽然暴死的「趙心餘」所作，但無論從哪一方面看，都是俞平伯自己的作品，而且是他所有詩文中禪味最濃的一篇。通過繁復的抒情議論，通過兩次經過西園碼頭（第二次是沈彥君死後，棺材抬過這裏）的描寫，層層渲染的正是「色即是空，空即是色」的感念。

除了禪宗哲學，對俞平伯影響最大的還有佛洛伊德主義。在〈詩的神秘〉一文中，他就很系統地運用過佛洛伊德學說。在佛洛伊德筆下，「創作家」和「白日夢」是兩個不可分離的概念，這同俞平伯心中的禪意正好合拍，從此他更是將一切視同夢境。他作品的篇名亦可讓人看出端倪：〈芝田留夢記〉、〈芝田留夢行〉、〈夢遊〉、〈夢記〉、〈夢〉、〈好好的夢〉……還有組詩〈囈語〉和散文集《古槐夢遇》，等等。至於具體寫到夢，或在作品中將現實人生當夢來寫，寫得非夢非真，朦朧莫測的，則幾乎占了他作品一半的比重。《古槐夢遇》一開篇，他寫道：「夢醒之間，偶有所遇，遇則記之，初不辨醒耶夢耶，異日追尋，恐自己且茫茫然也，留作燈謎看耳。」這正可以看作對他創作的一種概括。

除了這種「留作燈謎看」的人生與創作態度，俞平伯在文章的行文和結構上也時有一些為人難解的地方。這大多是由於他的故意的跳躍，如那篇短而有趣的《雜拌兒・自序》：

頗擬試充文丐，於是山叔老人諄諄以刊行「文存」相詔，急諾之。俄而驚。夫「文存」大名也，吾何敢居？必得他名以名吾書而後可焉。謀之婦，詢之友，叩山叔老人之門，均茫茫不吾應。思之，渺渺不得。「恰好丁卯大年夜，姑蘇塞給我一堆『雜拌兒』，在我枕頭邊。」無以名之，強而名之。讀者其顧名思義乎？

先講取書名之難，因用文言，而又寫得突兀，頗有《聊齋》般的境趣；中間忽而插一段世俗的道白，文氣斷開了一大截，細細品味，卻又與前文有同樣雅趣，但既不說誰的話，又無說話的場合、氣氛、前因後果，因而頗費思量；最後兩句，歸結到書名上，這才直接與讀者對話，合於一般作序的口吻了。上下三段，文氣都不接，意思卻是似斷實連，所以很耐得咀嚼。這是俞平伯由寫詩轉入寫散文後，帶來的一點詩性思維和文筆意趣。這也是與他所喜愛的禪宗哲學直接相聯的「神韻派」詩畫的藝術特徵，神韻派「崇簡」，講究「傳神」，講究「略具筆墨而神情畢肖」，現在俞平伯將它用到了散文裏。當然，西方現代派文學那種跳躍的行文，也給了俞平伯一定的啟迪；但對他來說，更多的還是學的禪宗的「公案」吧——試看《五燈會元》，所多的正是這種禿頭禿腦的句式。

其實，不光是他的小品，在大量學術性的近於論文的散文中，他所追求的，也是這種多少帶有「燈謎」性質的風致。這是一個很有趣的現象。他一九二三年九月二日致周作人的信中說：

> 近日偶念及中國舊詩詞之特色至少有三點：(1)impressive，(2)indirect，(3)inarticulate，推演出來自非長文不辨，然先生以為頗用得否？

這三個英語單詞都是借用，當然不可循其本義，但細按平伯先生一貫的文心，似可意譯為：(1)悠然心會，(2)朦朧蘊藉，(3)渾然一體。這是中國舊詩詞特色，而俞平伯也使之變成了他的散文乃至論文的特色。試看他的學術性的專集《紅樓夢辨》、《讀詩札記》、《讀詞偶得》，乃至《唐宋詞選釋》，其風格大多如斯，與他散文中的議論說理部分並無二致，也因此，他的所有論著都可拿來當散文讀。雖然這些文章都是講邏輯的，表達也是精當的，但他更強調自身的「渾然一體」，並不照顧讀者的不同程度，不注重一層層循循善誘式的漸進，這與胡適的文章一比就能看出區別來。在〈詩的神秘〉一文中，俞平伯說，對詩的理解，須得「在一個條件底下：只許你直接，面對面的懂得他，彷彿當面站著一個人，你瞅他一眼兩眼，忽然『似曾相識』起來，脫口叫一聲『張三！』那就恭喜」。這就是「悠然心會」了。顯然，對於自己的散文和論文，他也是這樣期待和要求於讀者的。

俞平伯的這種文風，與他的性格也很有關係。據葉兆言《陳舊人物》一書中說：「印象中的俞平伯先生是個老小孩。……祖父（指葉聖陶）老笑他一手好字，可是寫完一封很漂亮的信，卻怎麼也疊不整齊，馬馬虎虎往信封裏一塞完事。……遇到喜歡吃的菜，他似乎不太想到別人，一盤蝦仁端上來，嚐了一筷，覺得味道好，立刻端自己面前盡情享用。……記得文化大革命後期，有一次請他吃飯，來了幾位老先生，都是會吟詩的……俞先生吃著吃著，突然童心大發，離桌來到我們這幫孫子輩面前，紅光滿面吟了一首古詩。」朱自清在〈《燕知草》序〉中也說：「這一派人的特徵……大約可以說是『以趣味為主』的吧？他們只要自己好好地受用，什麼禮法，什麼世故，是滿不在乎的。他們的文字，也如其人，有著『灑脫』的氣息。」在老一輩文化人中，尤其是那些文章漂亮灑脫的文人型學者，雖性格未必都像俞平伯，但不為外界喜惡所動、內心高傲而天趣盎然，卻大約是共同的特徵。

俞平伯開創的這種渾然圓融的文體，在現代文章史上影響非常大，受其影響的也正是學人散文，並包括一些學人的學術論文。其實，錢鍾書的《舊文四篇》何嘗不是如此？它們寫得蕭散隨意，文中蘊藏大量尖新的學術創見，但並不像胡適那樣很明晰地一點一滴擺給你看，唯恐你不懂還要反覆地啟發解釋，卻必得讓你自己去發掘感悟，是必須「以心會心」才會有所得的。而作者也因此保持了自身的豐富性和完整性，讀者在這種充滿緊張感的閱讀探險中獲得了更高的審美體驗。他的《談藝錄》和《管錐編》，就更是如此了。此外，後一輩的散文大家，如黃裳、施蟄存、鄧雲鄉等，他們的學術性文章（文藝性散文則更不必說），就都有這種「悠然心會——朦朧蘊藉——渾然一體」的風味。這是真正的中國文章風味。金性堯、紀果庵、謝興堯、周劭、鯤西、谷林……等，走的也都是這派學人散文的路子。作為專職教授的金克木、吳小如、陳平原等，編輯兼學人舒蕪、張中行、唐振常、鍾叔河等，雖行文說理嚴謹，但又明顯不同於現在的學院派，說到底，在文體上，還是與俞平伯相近。

其實，我們不難看出俞平伯這一文體特色與周作人的關係。且不說他在形成自己風格的階段，一直處在與周作人的相互切磋中；他流露「老人心態」與信奉「剎那主義」，與周作人深感「文學無用」並提倡「閉戶讀書論」正相一致；他欽服佛洛伊德主義，與周作人也是一致的，《周作人自述》最末一句云：「如不懂弗洛伊特派的兒童心理，批評他的思想態度，無論怎麼說法，全無是處，全是徒勞。」當然，雖說「一致」，其間還是有著很多區別，周作人曾多次指出這一點，但這恰恰是最正常不過的事，此即所謂「和而不同」。那麼，在文章形式上又如何呢？周作人將俞平伯和廢名比作竟陵派，將自己劃出公安派與竟陵派之外，可見還是有不同。但我們不可忘記周氏文體最根本的特色所在：

周作人的則是「藝術的文體」，是「言志」的，只給與自己處於同一層面的讀者拈花微笑的。……談話風散文的風格與談話對象密切相關：胡適是天生的老師，他面對廣大的學生而談；周作人則把學生以至民眾都排除在外，他只寫給自己的朋友看。……真正為自己而寫——為朋友也正是為自己，朋友亦即所謂「知己」者——這才有可能保留作者完整的趣味和性靈。（見本書第五章：〈在人世的大沙漠上〉）

那麼，俞平伯的「悠然心會——朦朧蘊藉——渾然一體」的文體，在根本上，不正是從周氏文體中繼承來的嗎？正因為有這種「只寫給自己的朋友看」的底氣，他才會讓自己的文字「留作燈謎看」，才會要求讀者「面對面的懂得他……脫口叫一聲『張三！』」

從這裏我們也可看到，後來的許多優秀學人散文（尤其是學術性的散文），在很大程度上，還是延續著苦雨齋的文脈。

再來看一下廢名。

廢名的作品主要是小說，但周作人是將他的小說都當作散文來讀的，他在選編《中國新文學大系》散文卷時收進了廢名的七篇，其中《桃園》選一篇，《橋》選了六篇。廢名最重要的代表作是〈橋〉。〈橋〉名為長篇，其實是人物時斷時連的系列散文，那裏最引人注目的是幾位單純可愛的農村孩子。周作人在〈橋〉問世六七年後的一九三九年，還寫了一篇以〈橋〉為名的短文，點出了

〈橋〉中的「童年心態」，以及自己與這心態的相通之處：

……《橋》的文章彷彿是一首一首溫李的詩，又像是一幅一幅淡彩的白描畫，詩不大懂，畫是喜看的，只是恨冊頁太少一點，雖然這貪多難免有點孩子氣，必將為真會詩畫的人所笑。可是我所最愛的也就是《橋》裏的兒童，上下篇同樣的有些仙境的，非人間的空氣，而上篇覺得尤為可愛……中國寫幼年的文章真是太缺乏了，《橋》不是少年文學，實在恐怕還是給中年人看的，但是裏邊有許多這些描寫，總是很可喜的事。

童年心態是清新喜人的，帶點兒「仙境」的氣氛更不易造成「苦澀」的效果，何以廢名的作品偏偏最為難讀呢？我以為，這原因與俞平伯不同，他的晦澀不是來自內容，而幾乎全在於文章形式上的考究。在他一九五七年所寫的〈廢名小說選・序〉中，在「反省」了自己當初「逃避現實」、「所寫的東西主要的是個人的主觀，確乎微不足道」之後，卻也總結了一番自己過去的藝術特色：「就表現的手法說，我分明地受了中國詩詞的影響，我寫小說同唐人寫絕句一樣，絕句二十個字，或二十八個字，成功一首詩，我的一篇小說，篇幅當然長得多，實是用寫絕句的方法寫的，不肯浪費語言。這有沒有可取的地方呢？我認為有。運用語言不是輕易的勞動，我當時付的勞動實在是頑強。」這話是很講到點子上的，「逃避現實」和「所寫的東西主要是個人的主觀」雖帶有檢討性質，卻也都是有真內容的話。廢名的文章正是以他那種晦澀而又耐讀的形式，極新卻又極舊地存在於新文學的園地上。

周作人很瞭解俞平伯與廢名的短長，他對於廢名後來潛心於宗教是不以為然的。談到廢名文章之澀，他一般不就其思想著眼，而總是談他行文的獨特。他在〈《棗》和《橋》的序〉中說：「我讀過廢名君這些小說所未忘記的是這裏邊的文章，如有人批評我說是買櫝還珠，我也可以承認，聊以息事寧人，但是容我誠實地說，我覺得廢名君的著作在現代中國小說界有他獨特的價值者，其第一的原因是其文章之美。」在〈莫須有先生傳．序〉中又說：「能做好文章的人他也愛惜所有的意思，文字，聲音，故典，他不肯草率地使用他們，他隨時隨處加以愛撫，好像是水遇見可飄蕩的水草要使他飄蕩幾下，風遇見能叫號的竅穴要使他叫號幾聲，可是他仍然若無其事地流過去吹過去，繼續他向著海以及空氣稀薄處去的行程。這樣所以是文生情，也因為這樣所以這文生情異於做古文者之做古文，而是從新的散文中間變化出來的一種新格式。」這段話，與廢名自稱當年運用語言時「付的勞動實在是頑強」，足可相互印證。

周作人那麼不遺餘力地倡揚廢名的晦澀的風格（雖然這風格與他自己是那樣地不同），其實是有目的的，簡言之，就是從文學史的發展來考慮的。他說過：

……公安派後來的流弊也就因此而生，所作的文章都過於空疏浮滑，清楚而不深厚。……公安派後來的毛病即在此。於是竟陵派又起而加以補救。……胡適之，冰心，和徐志摩的作品，很像公安派的，清新透明而味道不甚深厚。……和竟陵派相似的是俞平伯和廢名兩人，他們的作品有時很難懂，而這難懂卻正是他們的好處。（《中國新文學的源流》）

可見，他是要讓廢名和俞平伯的文章來衝破當時的風氣，以「補救」文壇的不足。這二位也真是起到了一點這樣的作用。俞平伯的影響已如前說，廢名的晦澀的風格，也引來了一批很有影響的追隨者，其餘響至今不絕。沈從文就坦承自己喜歡並頗受廢名的影響，他在小說〈夫婦〉（完成於一九二九年七月）的附記中寫道：「自己有時常常覺得有兩種筆調寫文章，其一種，寫鄉下，則彷彿有與廢名先生相似處。由自己說來，是受了廢名先生的影響，但風致稍稍不同，因為用抒情詩的筆調寫創作，是只有廢名先生才能那種經濟的。這一篇即又有這痕跡，讀我的文章略多而又歡喜廢名先生文章的人，他必能找出其相似中稍稍不同處的……」（見《小說月報》二十卷十一號）既相似，又「稍稍不同」，因抒情而「經濟」只廢名一人能為，這意思真是說得精準！沙汀也說自己「喜歡過廢名的作品，比如他的《桃園》」（見《新文學史料》一九九一年第三期）。汪曾祺說得更明白：「我是確實受過他的影響，現在還能看得出來」；「廢名的影響並未消失。它像一股泉水，在地下流動著。也許有一天，會汩汩地流到地面上來的」（〈談風格〉）。何其芳的《畫夢錄》在中國散文史上是別樹一幟的，李健吾在〈畫夢錄——何其芳先生作〉中卻大談廢名的影響：

「在現存的中國作家裏面，沒有一位更像廢名先生引我好奇，更深刻地把我引來觀察他的轉變的。有的是比他通俗的，偉大的，生動的，新穎而且時髦的，然而很少一位像他更是他自己的。凡他寫出來的，多是他自己的。……可是廢名先生，不似我們想像的那樣孤絕。他的文筆另外有一個特徵，卻得到顯著的效果和欣賞。……無論如何，一般人視為晦澀的，有時正相反，卻是少數人的星光。何其芳先生便是這少數人間的一個，逃出廢名先生的園囿，別自開放奇花異朵。這也就是說，他的來源不止一個，而最大的來源又是他自己。」（載《咀華集》）這段話也極耐人咀嚼。何其芳承認自己受了廢名的影響，他曾很細心地讀過廢名的作品。另一位大批評家朱光潛則指出：廢名的《橋》「對於卞之琳一派新詩的影響似很顯著」（見《文學雜誌》第一卷第三期）。十多年前，我在寫《解讀周作人》時，也曾提及：即在當代的小說家中，也有汪曾祺、林斤瀾、阿城、賈平凹、何立偉等，分明看得出當年廢名的影響來。

前文已經說過，廢名和周作人文體是不同的，但這裏存在著「不同之同」，其相通之處，仍在於他是「真正為自己而寫——為朋友也正是為自己，朋友亦即所謂『知己』者」。正是在這根本點上，他是自覺而嚴格地步著知堂後塵的。只要讀一讀他們當時的頻繁的通信，我們就能體會此中的奧妙。

最有趣的還是李健吾那段話，他說廢名「很少一位像他更是他自己的」，又說何其芳「最大的來源又是他自己」；須知，這是在論文學風格的影響和傳承時說的！這也就是說，每個人都應該是完整的自己，一個人有一個人的文風；但有沒有文風的繼承呢？有的，真正高層次的繼承，與保持個人風格是不矛盾的。一個成熟的流派，就應該既有共同的文風，其中的成員又各有個人的文風。

東坡詩云：「論畫以形似，見與兒童鄰。」文風的繼承也如此。只講形似，即為模仿，那必然是犧牲自己的個性，屈己就人，不可能寫出好文章。所以，真正的繼承，關鍵還在神似。俞平伯、廢名對於知堂的傳承，和後來諸大家的文風推演，就都促成了中國文章的豐富多樣，其奧秘，也都在於神似。而他們的根本點，即在選擇「談話」的對象上，都走了一條「只寫給自己的朋友看」這保持趣味與性靈之路。正是在這一點上，我們看到了苦雨齋綿延不絕的餘脈。

追求形似，只會導致「一代不如一代」；神似才會有真正的發展。中國畫與中國戲曲，因為多是師徒相傳，結果大多求形似，後來者不敢越雷池一步，這就難免損滅個性。國畫與戲曲的衰退當然有多種原因，但這一足可致命的原因，似迄今未受充分重視也。

附記：

本書簡體字版在大陸印行後，山西老作家李國濤先生來信，所言甚是，現抄錄如下：

我讀這本書，覺出對孫犁談得不夠，以我的愚見或喜好，以為孫犁頗得周作人「談話風」的影響。他的後期作品，也就是「文革」以後的小品和讀書隨筆，常有苦味和澀味，並且有一種難得的平淡和親切。問題難在孫犁老人憎恨周作人抗戰時的行為，一直否定周作人。也許因此研究者不願意多提他與周派散文的淵源。這可以算是上世紀末文學史上一個引人思考的問題。孫犁三十年代初開始寫作時，京派散文影響力正大，受到影響是正常的（他個人並不承認）。他在〈題《知堂談吃》〉中講得很透：「文運隨時運而變，周氏著作，近來大受一些人青睞。好像過去的讀者，都不知道他在文學和翻譯方面的勞績和價值，直到今天才被某些人發現似的。即如周初陷敵之時，國內高層文化人士尚思以百身贖之，是不知道他的價值？人對之否定，是因為他自己不爭氣……」後來又說：「他早期的文章，余在中學時即讀過，他的各種譯作，寒齋皆有購存。對其晚景，亦知惋惜。」當年這一派文風我看是反映到他的筆墨上了，所以孫犁晚年隨筆，有時短短幾百字或只三二行，就傳達出一種神韻。那是很獨特的，是不能模仿的，是亦可謂有「餘情」也。

七、給他們的好世界留點缺陷

本書的一個核心觀點，現已漸漸由隱而顯：談話風散文的風格，必定與談話對象有關。胡適是面對廣義的學生而談，周作人只管與遠遠近近的同行者晤談——那麼，魯迅呢？

我們知道，前期的魯迅與周作人，其思想和家庭經歷，基本是一致的。如果有什麼不同，很重要的一點，就是性格，周作人溫順平和，魯迅則如他自己所說：「性頗酷忍」（見一九〇四年十月八日致蔣抑卮信）。所以，當他們經過家庭的變故，在世人的冷眼中受盡羞辱，終至於「走異路，逃異地」，在日本又經過了創辦《新生》和翻譯《域外小說集》的挫折，再眼見辛亥革命與二次革命的失敗，經歷了五四的退潮與「三一八」慘案，他們的失望與絕望，也是共同的。他們早都閱盡了「世人的真面目」，周作人一再聲稱，不願將自己「強行按下」，並說「我們沒有迎合社會心理去給群眾做應制的詩文的義務」，這其實也是魯迅的思想。但他們採取的對策是不同的，這也可說是緣於他們絕望程度的不同——事實上，魯迅比周作人更絕望。

我們試取《兩地書》作一簡略的解剖。

在與許廣平的通信中，魯迅一再說：「我現在專取閉關主義，一切教職員，少與往來，也少說話。」這是一九二六年十月四日，寄自廈門大學的信。同年十二月十二日，他又在信中說：「我在這裏，常有客來談空天，弄得自己的事無暇做……倘在學校，誰都可以直衝而入，並無可談，而東拉西扯，坐著不走，殊討厭也。」此前他也曾說過同樣的話：「一到這裏，孫伏園便要算可以談談的了。我真想不到天下何其淺薄者之多。他們面目倒漂亮的，而語言無味，夜間還要玩留聲機，什麼梅蘭芳之類。我現在唯一的方法是少說話……」（一九二六年九月二十日信）而這年的十一月十八日，他說得更絕：「又我近來忽然對於做教員發生厭惡，於學生也不願意親近起來，接見這裏的學生時，自己覺得很不熱心，不誠懇。」這都是很真實的心靈坦露。隔了兩天，十一月二十日的信中，又寫道：「你說我受學生的歡迎，足以自慰麼？不，我對於他們不大敢有希望，我覺得特出者很少，或者竟沒有。但我做事是還要做的，希望全在未見面的人們……」

其實，魯迅的這些想法，並不局限於校園，而是對整個社會的失望。一年前，一九二五年的五月十八日，他在北京時，給許廣平寫信說：「群眾不過如此，由來久矣，將來恐怕也不過如此。公理也和事之成敗無關。但是，女師大的教員也太可憐了，只見暗中活動之鬼，而竟沒有站出來說話的人。……我那時曾在《晨報副刊》上做過一則雜感，意思是：犧牲為群眾祈福，祀了神道之後，群眾就分了他的肉，散胙。」這是指《熱風》中的〈即小見大〉，寫於一九二二年，可見魯迅對於群眾的看法，並非一時的激憤之言。其實〈阿Q正傳〉所寫的，又何嘗不是如此？這「群眾」中，當然也包括遠遠近近的文學青年。一九二六年十一月七日的信中，他說：「這幾年中，我很見了些文學青年，由經驗的結果，覺他們之於我，大抵是可以使役時便竭力使役，可以詰責時便竭力詰責，可以攻擊時自然是竭力攻擊，因此我於進退去就，頗有戒心……」十二月二日又說：「我現在對於做文章的青年，實在有些失望；我看有希望的青年，恐怕大抵打仗去了，至於弄弄筆墨的，卻還未遇著真有幾分為社會的。他們多是掛新招牌的利己主義者。」

魯迅會有這樣全面而強烈的絕望，並非因為挑剔，倒恰恰是因為深刻。一旦具有了穿透一切的洞察力，人也就陷入了無盡的痛苦——至少在中國是如此。一九二五年三月二十三日的信中，魯迅說：「必須麻木到不想『將來』也不知『現在』，這才和中國的時代環境相合，但一有知識就不能再回到這地步去了。」一星期後，在三月三十一日的信中，他又說：「大約因為看得中國的內情太清楚，所以不免有些失望之故吧。由此可知見事太明，做事即失其勇，莊子所謂『察見淵魚者不祥』，蓋不獨謂將為眾所忌，且於自己的前進亦復大有妨礙也。」——此中的「察見淵魚者不祥」，用得真是傳神之極。事實上，魯迅心中的黑暗遠遠勝過我們平時從他的小說雜文中所讀到的（他只在《野草》中透露得較多一些），他是深知其「不祥」的。一九二五年五月三十日信中，他坦陳：「我所說的話，與我所想的不同，至於何以如此，則我已在《吶喊》的序上說過：不願將自己的思想，傳染給別人。何以不願，則因為我的思想太黑暗，而自己終不能確知是否正確之故。……我對人說話時，卻總揀擇那光明些的說出……」

有著這樣的心境，魯迅又該如何選擇自己的「談話對象」？如胡適所面對的「廣義的學生」，他早已「不願意親近」；而同道稀少，無聊者眾，「算可以談談的」朋友也不多見，像周作人那樣在與「遠遠近近的同行者」晤談中聊度此生，他也不願。他選擇的，是反抗，是與黑暗直接面對，是在明知沒有路的地方「姑且走走」，是做那個決不回頭的「過客」。

在《兩地書》中，魯迅的第一通回書（一九二五年三月十一日），就回答了許廣平關於如何對付苦痛的辦法，這是一篇十分重要的人生宣言，我甚至以為，這可以視作打開魯迅心靈秘藏的一把總鑰匙，可惜從來的論者重視此信的似不多見。我們且抄錄兩段在這裏：

> 我想，苦痛是總與人生聯帶的，但也有離開的時候，就是當熟睡之際。醒的時候要免去若干苦痛，中國的老法子是「驕傲」與「玩世不恭」，我覺得我自己就有這毛病，不大好。苦茶加糖，其苦之量如故，只是聊勝於無糖，但這糖就不容易找到，我不知道在那裏，這一節只好交白卷了。
>
> ……
>
> 總結起來，我自己對於苦悶的辦法，是專與襲來的苦痛搗亂，將無賴手段當作勝利，硬唱凱歌，算是樂趣，這或者就是糖吧。但臨末也還是歸結到「沒有法子」，這真是沒有法子！

這裏所說的「驕傲」，其實就是周作人的方式，即連眼珠也不轉過去，而沉浸於自己的民俗學（人類學）、兒童學、婦女學、希臘神話等雜學之中，與友朋呼應以「略免掉寂寞與空虛」。而「玩世不恭」，大約就是〈孤獨者〉中魏連殳後來所選擇的方式，即與黑暗勢力表面同流，而內心仍保持獨立，佯狂假癲，白眼雞蟲。周作人的那些趣味，在魯迅身上未必沒有；而魏連殳形象中本來就有魯迅的影子，他在絕望之餘也曾說過要投奔老同學陳儀去。但這都不是魯迅想要走的路，他對此二者充滿警覺，時時防範。因為這兩種方式，雖或也算解脫，但都便宜了黑暗中的對手，他實在不甘心。誠如他自己所說：「天下不舒服的人們多著，而有些人卻一心一意在造專給自己舒服的世界。這是不能如此便宜的，也給他們放一點可惡的東西在眼前，使他有時小不舒服，知道原來自己的世界也不容易十分美滿。蒼蠅的飛鳴，是不知道人們在憎惡他的；我卻明知道，然而只要能飛鳴就偏要飛鳴。」（《墳・題記》）所以他採取了自己獨特的對策，就是「搗亂，將無賴手段當作勝利，硬唱凱歌，算是樂趣……」他的這些用詞，有我們熟悉的幽默自嘲的成分，意思卻是嚴肅的。

我以為，這也是他一以貫之的人生選擇。過去研究者常有「前期」「後期」的兩分法，即以魯迅一九二七年進化論思路的「轟毀」為界，從而在一定程度上否定此前的魯迅的一些想法。但其實，魯迅的「時常用了懷疑的眼光去看青年，不再無條件的敬畏」，在此前早已形成，在《兩地書》中就一再見得。而他這種在「沒有法子」的時候以「搗亂」為法，「聊勝於無糖」的態度，也同樣體現在他的晚年——他在內心深處始終是堅執於此的。

我們在前文引過魯迅這樣的話：「做事是還要做的，希望全在未見面的人們……」當他對眼前的青年、學生、教員，以至「軍隊」、「土匪」、「世界主義者」、「無政府主義者」都表示了失望（可參看魯迅一九二五年三月三十一日信），就只能寄希望於「未見面的人們」了。這也可見他那希望的渺茫，因這樣的「人們」也可能並不存在。這很有點像他在《吶喊・自序》裏寫過的話，他認為中國這「鐵屋子」是「絕無窗戶而萬難破毀的」，但金心異說「然而幾個人既然起來，你不能說決沒有毀壞這鐵屋子的希望」，於是魯迅寫道：「是的，我雖然自有我的確信，然而說到希望，卻是不能抹殺的，因為希望是在於將來，決不能以我之必無的證明，來折服了他之所謂可有……」

關於「希望」和「將來」的話題，在《兩地書》中時時出現，這也可說是魯迅一生的核心話題。魯迅始終處於懷疑和思考之中，這體現了一個堅韌的思想者的無上魅力。他對人類的偉大理想也不輕信：「要適如其分，發展各各的個性，這時候還未到來，也料不定將來究竟可有這樣的時候。我疑心將來的黃金世界裏，也會有將叛徒處死刑，而大家尚以為是黃金世界的事……」（一九二五年三月十八日信）但他隨後又說：「『將來』這回事，雖然不能知道情形怎樣，但有是一定會有的，就是一定會到來的，所慮者到了那時，就成了那時的『現在』。然而人們也不必這樣悲觀，只要『那時的現在』比『現在的現在』好一點，就很好了，這就是進步。」這話說得極為平和實在，他大概也時時以此平復自己焦慮的心吧。但緊接著又說：「這些空想，也無法證明一定是空想，所以也可以算是人生的一種慰安，正如信徒的上帝。你好像常在看我的作品，但我的作品，太黑暗了，因為我常覺得惟『黑暗與虛無』乃是『實有』，卻偏要向這些作絕望的抗戰，所以很多著偏激的聲音。其實這或者是年齡和經歷的關係，也許未必一定的確的，因為我終於不能證實：惟黑暗與虛無乃是實有。……」這封信，一波三折，柳暗花明，宛若一曲思想的交響，「必無」或「可有」兩大主題反覆交織，真是好看極了。但從中即可發現，在他的內心裏，未來的黃金世界是「料不定」的，那時比現在「好一點」的空想「無法證明一定是空想」，而「惟黑暗與虛無乃是實有」也終於不能證實，那麼，有什麼是切實可信的，是真正可以視作「實有」的嗎？——有，即他的「絕望的抗戰」。不管結果如何，他總是在切實地、不斷地走著，在向這萬難打破的鐵屋子作不歇的抗爭，或如他自己所說，即使終於要被老虎吃掉，「但也不妨也咬它一口」。

絕望，然而反抗，這就是魯迅。他仍堅守在原地，毫不退讓。周作人本來也和他站在一條壕塹裏，但不久就走開了。他們的分道揚鑣，不在那些言情小說看多了的研究者所說的兄弟吵架，也不在魯迅到上海後的所謂「左轉」，而不妨以周作人的一篇小文作標記，那就是他的〈拈鬮〉（此文從一九二五年九月寫到一九二七年三月，歷時一年有半，載《談虎集》）。文中引了祖父小時候外出看戲三日夜，倦甚而歸，所受的長輩訓斥：「汝有用精神為下賤戲子所耗，何昏愚至此！」周作人由此大受啟發：「我讀了不禁覺得慚愧，好像是警告我不要多同無聊人糾纏似的。無論去同正人君子或文人學士廝打，都沒有什麼意思，都是白費精神，與看戲三日夜是同樣的昏愚。……讓我離開了下賤戲子，去用我自己的功罷。」但到底什麼是「我的工作」？只有「上帝知道」，所以要拈鬮。周作人說：「我所想知道一點的都是關於野蠻人的事，一是古野蠻，二是小野蠻，三是『文明的野蠻』。」「古野蠻」是指他所心儀的人類學與神話學之類，「小野蠻」是指兒童學與兒童文學等；惟「文明的野蠻」指現代人身上的「蠻性的遺留」，這就與當下的「正人君子或文人學士」有關了。他願意拈到前兩種而不想再和「文明的野蠻」廝打。過了一年半，他把這篇舊文找出來刪改增補，這時他最想拈到的是「古野蠻」。這表明，經過深思，他決心要沉入到學術工作中去了，而不願再與當下的「野蠻」相糾纏。文章由「祖訓」寫起，我想，他是在與早已鬧翻卻仍站在同一戰壕的魯迅打招呼，甚或，也是在借機「教訓」這位「同祖」的兄長吧。周作人的這一轉變，到翌年的〈閉戶讀書論〉發表，才算正式完成。當然，研究「古野蠻」，並非全然不顧當下，只是「寓思想於學問」，不再熱衷於正面交鋒；在這轉變過程和以後的歲月中，周作人還是寫了不少針對「文明的野蠻」的戰鬥文章的（如「四一二」政變後的〈詛咒〉等）。魯迅則不為所動，仍然，或更其專注於同「文明的野蠻」的搏殺，愈戰愈勇，猛志常在。此後，魯迅不再有《中國小說史略》那樣厚重的學術作品發表，但也並非全無建設性的努力，如他對新興木刻運動的提倡，如他的大量翻譯方面的成果，就都不是「同無聊人糾纏」。不過他的主要精力，確是投放在當下的戰鬥中了。

如果說，胡適的文體是一種「實用的文體」，它是要讓更多人懂的；周作人的文體是「藝術的文體」，只給與自己處於同一層面的讀者拈花微笑；那麼，魯迅的「戰鬥的文體」，理應更接近於前者而不是後者，是不是這樣呢？不是。這是魯迅研究中最易被含混過去的問題，但又是不能不面對的問題。

魯迅明知自己的文章不易讀懂，也常說要改變自己的文體，如〈寫在《墳》後面〉中就有這樣的話：「我以為我倘十分努力，大概也還能夠博採口語，來改革我的文章。但因為懶而且忙，至今沒有做。」而他又十分明白文體的改變決非輕而易舉之事，在一九二五年四月二十日致許廣平信中，他就說：「投稿的人名都是真的，只有末尾的四個都由我代表，然而將來從文章上恐怕也仍然看得出來，改變文體，實在是不容易的事。」除了「不容易」，除了他所說的「懶而且忙」，我以為，更重要的原因，是魯迅很知道他現在的文章的價值，知道它們好在哪裡；而且，它們自有其不改變的理由。此中最要緊的，還是本章開頭所提出的：他的談話對象究竟是誰？

雖然魯迅也強調「文明批評」和「社會批評」（《兩地書》一七），常想「造一條戰線，更向舊社會進攻」（《兩地書》六九），但我們必須看到，他關注更多的，或每每直接引起他的批評和憤怒的，主要還是他所熟悉的文人學士、正人君子，乃至紳士、叭兒……等等，對社會的、國民性的批判，也常常是從這些眼下的戰鬥引申開去的。直接針對某一社會現象的批評，反而並不多。在《墳・題記》中，他說：「君子之徒曰：你何以不罵殺人不眨眼的軍閥呢？斯亦卑怯也已！但我是不想上這些誘殺手段的當的。木皮道人說得好，『幾年家軟刀子割頭不覺死』，我就要專指斥那些自稱『無槍階級』而其實是拿著軟刀子的妖魔。即如上面所引的君子之徒的話，也就是一把軟刀子。假如遭了筆禍了，你以為他就尊你為烈士了麼？不，那時另有一番風涼話。」寫於一年後的〈答有恆先生〉中，他對「攻擊社會」與「民眾」也作了反思：「我先前的攻擊社會，其實也是無聊的。社會沒有知道我在攻擊，倘一知道，我早已死無葬身之所了。……我之得以偷生者，因為他們大多數不識字，不知道，並且我的話也無效力，如一箭之入大海。否則，幾條雜感，就可以送命的。民眾的罰惡之心，並不下於學者和軍閥。」也就是，攻擊軍閥和民眾（社會），一方面是送命，一方面是無效，魯迅越來越看清了這一點。而攻擊「社會的一分子」的「君子之徒」，雖然也無效，也遭罰，但至少他們能夠看懂，能時有「小不舒服」。這也就是他在絕望時候所說的：「你的反抗，是為了希望光明的到來吧？……但我的反抗，卻不過是與黑暗搗亂。」（一九二五年五月三十日致許廣平）甚至，當上海發生了「五卅慘案」，北京的報刊上大登聲援和痛斥的詩文，魯迅也並不積極參加，他當然有自己鮮明的立場（見一九二六年六月十三夜信），但他不以為寫作、請願乃至「抵制日貨」之類會有多少助益，他私下批評道：「滬案以後，週刊上常有極鋒利肅殺的詩，其實是沒有意思的，情隨事遷，即味同嚼蠟。我以為感情正烈的時候，不宜做詩，否則鋒鋩太露，能將『詩美』殺掉。」（六月二十八日信）從中可以看出，魯迅的寫作和批判，還是有著自己的戰場，也有著文體的範圍。「寂寞新文苑，平安舊戰場。兩間餘一卒，荷戟獨彷徨。」他深知自己並不是指哪打哪、所向無敵的神俠，他只出入於自己熟悉的陣地，他在這裏是能夠操勝券的，他的作用也從這裏輻射到很遠（後來有中共方面的領導想動員他發個聲明逃到蘇聯去，或乾脆搬他到蘇區去，都顯示了對他的極不瞭解）。也就是說，魯迅的有效攻擊對象，主要還是在知識界。這些對手的存在，對他實在太重要了。他們是他不可或缺的讀者，也是他寫作的靈感所在。所以，在《兩地書》的最末一封信中，魯迅意味深長地說：「因在寂寞之世界裏，雖欲得一可以對壘之真敵人，亦不易也。」這時已是一九二九年五月末，他大概早應成為研究者們所說的「後期魯迅」了。

在《兩地書》中，還有一個很有趣的現象，即在廈門和廣州，魯迅時時感到「無聊」，沒有寫作的興致，即使寫，「也不過是敷衍」；而同時，「能吃能睡」，「也許肥胖一點了罷」；「我實在比先前懈得多了，時常閒著玩，不做事」——這很不像我們心中的魯迅。何以會如此？就是因為學院生活過於平靜。一九二六年十月四日的信裏，他又說：「在這裏好像刺戟少些，所以我頗能睡，但也做不出文章來……」他不能容忍自己長此下去，他後來脫離教書生涯，專事寫作，並且長住漩渦中心的上海，都與此有關。而他所必須面對的刺激，也就是要時時遭遇他的「敵人」吧。

現在可以回答前面的問題了：魯迅的談話對象，在很大程度上，恰恰就是他的敵人！解說得最為明白的，還是《墳・題記》中的這段名言：「我的可惡有時自己也覺得，即如我的戒酒，吃魚肝油，以望延長我的生命，倒不盡是為了我的愛人，大大半乃是為了我的敵人，——給他們說得體面一點，就是敵人罷——要在他的好世界上多留一些缺陷。」

他的這些「新文苑」「舊戰場」上的對手，正如周作人所面對的同道，大致有著相近的知識結構和文化素養，多半還是「可以對壘」的。所以，魯迅的「戰鬥的文體」，也就有了與周作人的「藝術的文體」相似的品位，同時也有很高的藝術性的追求。

總的說來，胡適的文體是「實用的」，同時也是「學問的」；周作人的文體是「藝術的」，同時也是「學問的」和「思想的」；而魯迅的文體是「戰鬥的」，是「思想的」，同時又是「藝術的」。他們之間還有著交叉，即知堂與胡適也有「戰鬥的」作品，甚至還不少；而魯迅的作品則充滿極厚實的「學問」——這也正是後來的雜文家們常常遠不如他的地方。

八、「魯迅風」的妙處

一九三八年十月十九日，在魯迅逝世兩周年之際，上海孤島的《譯報》副刊「大家談」發表了阿英（化名鷹隼）寫的〈守成與發展〉，對當時的雜文提出了尖銳的批評：

「魯迅風」雜感，現在真是風行一時。魯迅有〈門外文談〉，於是就有人寫「捫虱談」；有〈無花的薔薇〉，就有人「抽抽乙乙」地作「碎感」；有「怒向刀叢覓小詩」的蒼涼悲壯詩文，諸多魯迅式的雜感，也便染上了六朝的悲涼氣概……

也不知是巧合還是阿英正有所指，這裏的「捫虱談」和「碎感」之類雜文的作者都是同一個巴人。第二天，巴人就在《申報》的「自由談」上發表了〈「有人」在這裏！〉，予以反擊，堅稱：「我們今天還需要學習魯迅，因為魯迅精神，還沒有到應該被揚棄的階段」。此後，便引發了一場曠日持久的爭論；再之後，由中共上海地下黨文委的負責人出面呼籲，才平息了爭端。這以後，就在孤島上出版了一本新的雜誌《魯迅風》。此事很有象徵意味。

我們知道，《譯報》的主持者是中共地下黨的梅益和夏衍，阿英本人也是地下黨，從後來的平息即可反觀，阿英當初的發難，恐怕不是個人行為。他們認為：抗戰起來了，形勢變了，新的雜文應該配合「戰鬥的精神，勝利的信念」，應該「明快，直接，鋒刃，適合著目前的需要」。無獨有偶，幾年之後，在延安，也發生過魯迅風要不要繼承的爭論（當時的對立面是寫《野百合花》的王實味和寫〈三八節有感〉的丁玲）；再過近十年，在解放後的上海，又發生了還要不要魯迅式雜文的爭論，這時的對立面是文匯報的黃裳。為什麼每到一個轉折變化的時期，就會有類似的爭論呢？現在知道，後來那幾次批判，也都不是個人行為。也就是說，有些黨內領導人，其實是不希望「魯迅風」過於「風行」的，他們更需要本階段的合於自己宣傳模式的文章樣式。但中國社會幾乎是自發地需要「魯迅風」——就像第一次爭論過後出版了《魯迅風》雜誌一樣，每次爭論之後，魯迅式雜文只會更受歡迎而不是相反（當然，由政治壓力強行壓下去的事是有的，但壓力一過，定當反彈）。這就非常發人深思了。

如果抽去事情的背景，那麼，上引的阿英那幾句批評本身並不錯，那就是各人要有各人的具體文風，不必跟在大家後面亦步亦趨，不然就成了模仿而非繼承；巴人的回答也不錯，那就是要繼承「魯迅精神」，而不是僅僅重複前人的題材和聲口。然而，嚴重的問題恰恰在於：究竟什麼是「魯迅精神」？這已被顛來倒去，作出過許多非常矛盾的解釋了。同樣，究竟什麼是魯迅的文風？雖然論說者眾，但似乎仍有許多很根本的誤解。也就是說，這麼多年來，魯迅雖然未被壓下去，但已被各種力量工具化了。現在我們所需要的，仍然是自己去讀魯迅作品，以對魯迅有自己的、真切的瞭解。

在上一章〈給他們的好世界留點缺陷〉中，筆者寫出了自己解讀魯迅的體會。我以為，作為一個作家的魯迅、一個人的魯迅，他對於人世，其實是相當絕望的；但「絕望之為虛妄，正與希望相同」，他並沒有放棄希望，他為「或有」的希望而拼搏，以抵禦內心的虛空。所謂魯迅精神，從根本上說，就是這種不頹廢、不妥協、不退讓，始終「睜了眼看」的抗爭精神。這樣的精神能在浩瀚複雜的中國社會取得如此巨大的影響，我想，一是因為他那思想家的無比的銳利和深刻，一是因為他的藝術家的獨到的魅力，還有就是他那學問家的極其深厚的文化底蘊。離開這三者，即使再反抗，也不過是個反抗者而已，而決不會是魯迅。

本文擬再補說一點他的文風的妙處，亦即勾勒一下他的「獨到的魅力」，但只限於一己的讀雜文的體驗，其小說、回憶文、詩與散文詩等暫不涉及。這也只是點到即止的提綱性的東西，望行家們勿笑。

魯迅雜文的魅力所在，我以為，首先是「氣韻生動」。這是從六朝畫論裏借來的，說的是筆下生氣流貫。很多研究者注意到了魯迅雜文這樣那樣的特點，卻未再從總體把握，其實魯迅每篇文章都充滿精氣神，顯得生氣勃勃，這是最大的特點。有些作者的文章內容多，篇幅長，就是沒有氣在其中運行，讀者看了一句一段，很難打起精神再看下一句下一段；魯迅則能把氣運送到每一篇文章的細部，使文字從頭至尾活潑潑地，這說明他下筆時氣就鼓得特別足。但千萬不要把氣誤解為言辭和態度的囂張，彷彿梁啟超似的，那只是氣的外在的張揚；魯迅的氣是內斂的，就好像他的字，講究藏鋒，沒有逞才使氣的意味，卻特別有內力，越看越能讀出它的精神。所以，有時他似乎懶懶地說著自己狼狽的境遇，還有點唉聲歎氣的樣子，但仔細辨別，會發現作者眼中正閃著睿智的灼灼的光，這時就知道不能讓文字輕輕騙過了。魯迅到了晚年，身體已非常不好，但文章仍然精彩，〈因太炎先生而想起的二三事〉是他去世前幾天的作品，可說是最後的筆墨，還是寫得神完氣足。比如開頭第二段：

做了〈關於太炎先生二三事〉以後，好像還可以寫一點閒文，但已經沒有力氣，只得停止了。第二天一覺醒來，日報已到，拉過來一看，不覺自己摩一下頭頂，驚歎道：「二十五周年的雙十節！原來中華民國，已過了一世紀的四分之一了，豈不快哉！」但這「快」是迅速的意思。後來亂翻增刊，偶看見新作家的憎惡老人的文章，便如兜頂澆半瓢冷水。自己心裏想：老人這東西，恐怕也真為青年所不耐的。例如我罷，性情即日見乖張，二十五年而已，卻偏喜歡說一世紀的四分之一，以形容其多，真不知忙著什麼；而且這摩一下頭頂的手勢，也實在可以說是太落伍了。

短短一節文字，前後照應，峰迴路轉，生動和令人忍俊不禁之處多多，可見作者的氣息時時處處貫注在文中。雖然一上來就說「已經沒有力氣」，但一點不影響為文的力度。看見日報到了，他是「拉過來一看」，傳神地畫出了「沒有力氣」的狀態。驚歎之後，又補一句「這『快』是迅速的意思」，差點讓人笑出聲來，因為這否定了「豈不快哉」的本意，這時我們彷彿看到作者狡黠的眼神。而後面的「老人這東西……」可說是魯迅標誌性的反話，看得出他依然寸步不讓。最後的「摩一下頭頂」的手勢，不獨與前文呼應，更為後文張本，因全文的文眼就在這裏：他是要借剪辮的事為太炎先生，也為民國作讚語，並抨擊復古忘本思想的蔓延。所有這些精彩處，不是那種小家子氣的精心設計，看得出是行雲流水順勢而下時的隨處點染，如不是為文時的精神充沛，是斷然寫不出這種文字的。有些老人文章只有輪廓而沒有精彩的細部，就是因為力竭氣衰，已照顧不到細處了。而魯迅作文的氣一直保持到他生命的最後，這正是他一生「睜了眼看」的寫照。在〈給他們的好世界留點缺陷〉中我們已論證了魯迅的「談話」對象首先是他的「敵人」，既然要給「敵人」多留點「不舒服」，他每下筆當然都會打起精神——這就是他文章中的氣特別充沛的根源所在。

其次，是他的善於「自嘲」。都知道魯迅擅長於諷刺，也大多喜歡魯迅文章的幽默，但我們有必要對他的諷刺與幽默作一個拆析：統觀他的文字，他是批判性的諷刺成分多呢，還是自嘲的成分更多？以我的估計，至少是一半對一半，也可能是自嘲的文字更多一些。魯迅的雜文氣特別足，但這樣的氣並不專用於進擊，卻首先用於自嘲，這就是他的特異和巧妙之處，因此他的戰鬥文字才充滿趣味，讓人百讀不厭。（相反，後來的有些雜文家儘管觀點正確，氣也很足，卻不免示人以一種見人就咬的潑皮相，讓人見而生畏，乃至生厭，雖然這大體出於誤會，但也可見他們與魯迅的不同。）其實魯迅下筆時，往往是放低了身段，先從對自身的嘲弄入手的。比如，那篇直擊陳西瀅與新月書店廣告的〈辭「大義」〉（載《而已集》），開頭是這樣的：

我自從去年得罪了正人君子們的「孤桐先生」，弄得六面碰壁，只好逃出北京以後，默默無語，一年有零。以為正人君子們忘記了這個「學棍」了罷，——哈哈，並沒有。

他與章士釗等論戰並抗爭，雖或激烈，卻並不狼狽，倒是章士釗本人陷入了尷尬。可見，魯迅在自嘲時，也同樣運用了誇張手法，致使文章趣味橫生。而末了的「哈哈」，又平添了一股活氣，看得出雖是大講「碰壁」「逃出」「默默無語」等，其實一點也不頹唐，正生機勃勃地以逸待勞，準備出擊呢。看了這樣的開頭，當然知道好戲在後頭，誰也不願錯過下面的妙文了。

那篇著名的〈三月的租界〉（載《且介亭雜文末編》）也有相似之妙，雖然這裏「嘲」的不是自己，他是為將要為之辯護的蕭軍蕭紅代嘲了一番：

今年一月，田軍發表了一篇小品，題目是〈大連丸上〉，記著一年多以前，他們夫婦倆怎樣幸而走出了對於他們是荊天棘地的大連——

「第二天當我們第一眼看到青島青青的山角時，我們的心才又從凍結裏蠕活過來。

「『啊！祖國！』

「我們夢一般這樣叫了！」

他們的回「祖國」，如果是做隨員，當然沒有人會說話，如果是劉匪，那當然更沒有人會說話，但他們竟不過出版了《八月的鄉村》。這就和文壇發生了關係。那麼，且慢「從凍結裏蠕活過來」罷。三月裏，就「有人」在上海的租界上冷冷的說道——

「田軍不該早早地從東北回來！」

誰說的呢？就是「有人」。……

這樣的開頭，既讓蕭軍夫婦深得了讀者同情，又將下文要批駁的張春橋的指責暴露在很不利的境地。可見，「自嘲」並不只為逗趣，它也是戰鬥文章的有機部分，有點類似於「誘敵深入」，這更利於後面的出擊。一篇短短的雜文，婀娜多姿，決不枯澀，有力而又好看，魯迅為文的一大奧妙恰恰就在這裏。我們上文所引的〈因太炎先生而想起的二三事〉開頭那一大段，不也充滿精彩的自嘲嗎？事實上，只要翻開魯迅的集子，不論哪個階段的作品，這樣的自嘲比比皆是。這裏所抄的幾節，也是隨機翻出的，並未刻意做卡片之類。自嘲因牽涉到自己，必然是「有我」的，這就註定了要比那些單一的攻擊性的文章有看頭得多。而魯迅的自嘲又多是半真半假的，他說的大抵有自身經歷的依據，可又不時出現誇張和反諷，這使你讀起來不那麼一覽無餘，頭腦處於一種快樂的緊張狀態，於是更充滿了審美的樂趣。魯迅說自己的集子「決不是英雄們的八寶箱，一朝打開，便見光輝燦爛」（《且介亭雜文・序》），這也是很有趣的自嘲；但事實上，一打開他的集子，有趣的自嘲滿布於字裏行間，當真有那種八寶箱的燦爛呢。

試問，現今的雜文家們，有幾個是懂得自嘲，敢於自嘲的？以我有限的見聞，除了邵燕祥、朱正等少數幾個大家外，幾乎已都不知自嘲為何物了。大家擅長的是一味攻擊，弄得文章滿口柴胡，趣味全無。特別是論戰性質的文章，更是巴不得把自己充氣放大，做出一種頂天立地的樣子，以此嚇唬對手，誰還敢在對陣時分嘲弄自我？這就是後來的許多雜文家與魯迅的區別吧。

第三個特點，是「略具筆墨而神情畢肖」，也就是為對手「畫圖」。在我讀過的談論魯迅雜文藝術的文章中，大都說到這一點，說得最好的也是這一點。當然這是有所本的，其原始出處就是魯迅《偽自由書・序》中的話：「論時事不留面子，砭錮弊常取類型」，「蓋寫類型者……恰如病理學上的圖」。魯迅的文章大都很短，而文中又並非滿篇攻擊，所以真正擊中對手的，往往是最要害處，所取的也是禪宗的「單刀直入法」。他不能循序漸進緩緩說理，但要把道理全包含其中，於是就用大量形象的比喻，讓人一見難忘，細想則愈益明白，這也就是傳神寓理的「畫圖」的方式了。這種方式在魯迅雜文中隨處可見，最著名的，如「叭兒狗」「蚊子」「聰明人和傻子」等，早已盡人皆知了。我們且來舉些不著名的例子。在〈記蘇聯版畫展覽會〉（載《且介亭雜文末編》）中，說起以前本國的刊物很少介紹蘇聯的情形，他寫道：「雖是文藝罷，有些可敬的作家和學者們，也如千金小姐的遇到柏油一樣，不但決不沾手，離得還遠呢，卻已經皺起了鼻子。」這是很形象的圖畫。但很快情形變了，蘇聯文學熱起來了，魯迅又活畫出另一幅圖像：「英譯的（蘇聯）短篇小說集一到上海，恰如一胛羊肉墜入狼群中，立刻撕得一片片，或則化為『飛腳阿息普』，或則化為『飛毛腿奧雪伯』；然而到得第二本英譯《蔚藍的城》輸入的時候，志士們卻已經沒有這麼起勁，有的還早覺得『伊凡』『彼得』，還不如『一洞』『八索』之有趣了。」（曹靖華譯《蘇聯作家七人集》序，同上書）這裏幾乎沒發議論，但作者的褒貶愛憎卻一清二楚。在周作人的回憶文集《魯迅的故家》中，有一處說到魯迅在東京留學時，留學生中「怪人」很多，逛書店時常會遇見，魯迅對許壽裳說的一句普通的惡罵是：「眼睛石硬」。周作人說：「這四個字用在那時的許多仁兄上，的確非常切貼而且得神，但是現在似乎過了時，要想找一個代表出來恐怕很不容易，辛亥革命以來這四十年間，雖然教育發達不快，卻是已發生了效力，在這下一代中已經不大有眼睛石硬的人了。」由此推斷之，這大概是指某些中國留學生未見世面而不可一世，在外昂昂然，見人對面直視，到哪都是一副別人欠他三百兩的嘴臉吧。這「眼睛石硬」四字，用紹興話讀出來，實在是生動異常的。看來，魯迅單刀直入畫人嘴臉的能力，是一種天性，並非後來專為寫雜文才磨煉出的。由此可見，他的雜文的成功也是天性使然，文章是他本性的自然流露，這正合於文學創作與發展的規律。

第四個特點，是他自嘲或給人畫像時，運用的是多重筆墨。他是一個天才小說家，又能活用各種文體（包括詩、散文、劇本等），所以他的雜文寫法，也靈活多變，並不拘泥於一路。比如這一節：

「先生的意思以為這事情怎樣呢？」這不識教員在招呼之後，看住了我的眼睛問。

「這可以由各方面說，……。你問的是我個人的意見麼？我個人的意見，是反對楊先生的辦法的。……。」

糟了！我的話沒有說完他便將那靈便小巧的頭向旁邊一搖，表示不屑聽完的態度。但這自然是我的主觀；在他，或者也許本有將頭搖來搖去的毛病的。

「就是開除學生的罰太嚴了。否則，就很容易解決……。」我還要繼續說下去。

「嗡嗡。」他不耐煩似的點頭。

如不看標題，很可能以為是魯迅哪篇小說裏的文字，其實卻是雜文〈「碰壁」之後〉（載《華蓋集》）中的一段。又如這一節：

「你說中國不好。你是外國人麼？為什麼不到外國去？可惜外國人看你不起……。」

「你說甲生瘡。甲是中國人，你就是說中國人生瘡了。既然中國人生瘡，你是中國人，就是你也生瘡了。你既然也生瘡，你就和甲一樣。而你只說甲生瘡……」

這是〈論辯的魂靈〉（同上書）中的一段，頗有點單口相聲的味道。至於〈半夏小集〉裏的那些對話，則是雙人相聲的趣味了。魯迅雜文正是按不同情形由這多種多樣的筆調寫成的，所以處處顯得新鮮而傳神。

第五個特點，也許是最根本的，即在所有這些自嘲或圖畫的背後，都有他深刻的思想和學問襯底。他不是說空話，不是罵大街，不是無端攻訐，不是刻薄表演，而是真正有話要說，而且——除了某些過於意氣用事的時候外——他對要說的題目都先已有了自己深入的研究，而他的學問功力是公認的，是真正一流的。所以，他的文章從根本上說，還是以內在的深刻、厚實見長。而這恰恰是最不容易學到的。現在有人覺得別人不敢說自己敢說，別人不夠刻薄自己刻薄，自己就是魯迅——這才是天大的誤解；或許，這也算得一種東施效顰吧。魯迅的骨頭確實硬，但膽子並不太大，所以才會在《墳・題記》中說：「君子之徒曰：你何以不罵殺人不眨眼的軍閥呢？斯亦卑怯也已！但我是不想上這些誘殺手段的當的。木皮道人說得好，『幾年家軟刀子割頭不覺死』，我就要專指斥那些自稱『無槍階級』而其實是拿著軟刀子的妖魔。」這才是實實在在的魯迅。

第六個特點，是魯迅雜文的題材和體裁也是多樣的，並不如現在那樣，只是單一的攻擊和批評。試以收入《且介亭雜文末編》的一九三六年雜文為例，共十四篇：

《凱綏・珂勒惠支版畫選集》序目
記蘇聯版畫展覽會
我要騙人
《譯文》復刊詞
白莽作《孩兒塔》序
續記
寫於深夜裏
三月的租界
《出關》的「關」
捷克譯本
答徐懋庸並關於抗日統一戰線問題
關於太炎先生二三事

曹靖華譯《蘇聯作家七人集》序

因太炎先生而想起的二三事

把這些文章翻一遍就會明白：現在被報刊標明「雜文」的雜文，路子已窄到什麼程度了！魯迅的這些最後的作品，大約只有〈三月的租界〉和〈關於太炎先生二三事〉還可算正經「雜文」；連〈寫於深夜裏〉和〈我要騙人〉都有可能被存疑，刊出後一定會有人來問：「這也算雜文嗎？」至於其他十篇，恐怕都將被今天的編輯和讀者排除在外。

看來，雜文還須多樣化——不然，我們就離魯迅太遠了。

上述六點，當下的「雜文」如與之對照的話，我以為最缺的是第二點，第五點，還有就是第六點。

魯迅的學生是最多的，但真能領略「魯迅風」妙處的反而並不太多，這是一個奇怪的現象。其原因，大概就是上文說的：魯迅被工具化得太久了。所以現在的當務之急，還是大家去讀魯迅的作品——非常值得讀，非常好讀！

下編

本書「上編」從「談話風」入手，以胡適、魯迅、周作人為中心，更注重於中國文章「雅」的一面；「下編」則兼及白話散文「消費性」的一面，將以較多篇幅談論林語堂（主要談與他有關的三種半月刊），也會論述到上世紀三四十年代與八九十年代的散文演變，並對明天的散文作出自己的推斷。

雖然仍是閒話形式，卻也是對散文歷史和規律的一種探尋。甘苦艱辛，盡付閒談，未知此法可換得些許閱讀愉悅否。

九、林語堂與「禮拜六」

老作家孫犁不喜歡報上那些娛樂性的文字，上世紀九十年代初，他有一次忽然有所發現地說：「現在報上的『週末版』，不就是過去的『禮拜六』嗎？」

這話說得機智，頗讓人有「悠然心會，妙處難與君說」之感。因為，從字面上說，「週末」就是「禮拜六」；而從深一層說，「禮拜六」是一個雜誌名，也是一個文學流派的名稱——這是一個名聲不太好的流派，一般又稱「鴛鴦蝴蝶派」。孫犁的本意，當然是表達不滿。

這使我想到了最近讀過的臺灣版二〇〇七年二月號《傳記文學》，這一期中由「編輯委員會」編撰的〈民國人物小傳〉（377）的傳主是「鳳子」，她是演員兼作家，也當過編輯。文中有這樣一段話：

（一九四二年）十月十五日，綜合性文藝刊物《人世間》月刊創刊於桂林，以封鳳子之名任主編（編委有周鋼鳴、馬國亮等人）；發行人丁君匋所定之刊名原為《人間世》，鳳子要求改名為《人世間》，以別於抗戰前在上海出版過由林語堂（玉堂）創辦、近似「禮拜六」派之《人間世》……

又是「禮拜六」！《傳記文學》是比較嚴肅的刊物，〈民國人物小傳〉則是每期必有的一個浩大的工程，它不同於那種由個人隨意寫寫的文字。所以，認為林語堂當年所辦的刊物（除了《人間世》，更有《論語》和《宇宙風》）「近似『禮拜六』」，恐怕也是一種由來已久而至今猶存的看法。

其實這樣的話，上世紀三十年代在上海，胡風也曾隱約說及。在那篇著名的〈林語堂論〉中，談到林式幽默與現實社會的矛盾時，他就警告說：「如果離開了『社會的關心』，無論是傻笑冷笑以至什麼會心的微笑，都會轉移人們底注意中心，變成某種心理的或生理的愉快，『為笑笑而笑笑』，要被『禮拜六派』認作後生可畏的『弟弟』。」

現在的「週末版」，或者說那些生活類消費類的文字，與那時的林語堂有沒有關係呢？林語堂與「禮拜六」又是一種什麼關係呢？

讓我們來作一些簡單的考查。

首先須指出的是，「鴛鴦蝴蝶派」的壞名聲，現在已在一定程度上被洗刷了，大家已大體公認其為清末民初形成於上海等大都會的通俗文學流派，他們承襲了中國古代通俗小說的傳統，在讀者中有較大的市場，其成員並不是什麼「黃色作家」。而《禮拜六》，是這一派中出現較早、影響較大的刊物，於是「禮拜六派」的說法也就口口相傳了。

「鴛鴦蝴蝶派」的陣地本來多在報紙副刊（俗稱「報屁股」），體裁則以舊體豔詩與長篇連載為主。《禮拜六》是一個週刊，由中華圖書館創辦於一九一四年六月，至一九一六年四月出滿百期停刊。那是在五四新文學運動以前，所以很自然地成了新文學運動的攻擊對象。但它於一九二一年三月又復刊，可見它有自己的市場，並不懼於新文學的出現，再次出滿百期，這才徹底停刊。在它復刊的第二年，上海世界書局出版了與它性質相類的《紅雜誌》（後易名為《紅玫瑰》），此外還有《快活》、《遊戲雜誌》等，都是這一派的代表性刊物，而《禮拜六》始終處於領頭的地位。

這些刊物的產生，與都市讀者群的產生，有著很大的關係。都市市民不同於鄉村農民，眼界相對開闊，生活相對獨立，求知慾望增強，又有固定的下班和週末時間，而文化程度也相對高一些，這就有了以文學閱讀消遣娛樂的需求。

翻開最早創刊的《禮拜六》，目錄頁上標明「禮拜六第一期小說目錄」，可見那是個單一的小說刊物。所以，從這兒解剖開去，看看散文是如何侵入到這一領地的，實在是一件很有意思的事。在《禮拜六》創刊號的第一面，有一篇發刊詞性質的文字，這樣寫道：

或問子為小說週刊，何以不名禮拜一、禮拜二、禮拜三、禮拜四、禮拜五，而必曰禮拜六也？余曰：禮拜一、禮拜二、禮拜三、禮拜四、禮拜五，人皆從事於職業，惟禮拜六與禮拜日，乃得休暇而讀小說也。然則何以不名禮拜日，而必名禮拜六也？余曰：禮拜日多停止交易，故以禮拜六下午發行之，使人先睹為快也。或又曰：禮拜六下午之樂事多矣，人豈不欲往戲園顧曲，往酒樓覓醉，往平康買笑，而寧寂寞寡歡踽踽然購讀汝之小說耶？余曰：不然，買笑耗金錢，覓醉礙衛生，顧曲苦喧囂，不若讀小說之省儉而安樂也。且買笑覓醉顧曲其為樂轉瞬即逝，不能繼續以至明日也。讀小說則以小銀元一枚，換得新奇小說數十篇，遊倦歸齋挑燈展卷，或與良友抵掌評論，或伴愛妻並肩互讀。意興稍闌，則以其餘留於明日讀之。晴曦照窗，花香入坐，一編在手，萬慮都忘，勞瘁一周，安閒此日，不亦快哉！……

這段文章實在是好，既做了廣告，又渲染了讀小說之佳妙，更寫出了當時新興的都市市民理想的週末情狀。那時還無新式標點，只以圈點斷句，標點是筆者抄錄時所加的。它雖為淺近文言，其實與白話已無多大區別，抄下這麼多，也可與下文林語堂一派的文風相比照。當然，更重要的，是它明白無誤地寫出了自己的辦刊宗旨——這樣的文學，正是用以與「戲園顧曲」「酒樓覓醉」「平康買笑」爭奪市場的。這一點下文亦將涉及。也許，這是作為小說週刊的早期《禮拜六》中最初的或唯一的「散文」。

正因為都市的發展變化比農村快捷得多，都市讀者本身也處於變化之中，所以，老是看香豔老套的絕詩律詩與千人一面的言情故事，已很難滿足他們的需求。不可否認，「禮拜六」一派的小說雖也有翻譯作品和揭露社會黑暗的現實題材，但大多還是屬於《紅樓夢》第一回中石頭所說的：「至若佳人才子等書，則又千部共出一套，且其中終不能不涉於淫濫，以至滿紙潘安子建西子文君，不過作者要寫出自己的那兩首情詩豔賦來，故假擬出男女二人名姓，又必傍出一小人其間撥亂，亦如戲中之小丑然。且環婢開口，即者也之乎，非文即理，故逐一看去，悉皆自相矛盾。」（據庚辰本）這也正是《紅樓夢》的出現和以魯迅小說為代表的五四新文學出現的必然原因。但在新文學出現以前，《禮拜六》本身也在漸變，變化之一，就是非小說類的東西開始穿插進來。這一方面是為了打破雜誌的過於單一的面貌，更重要的，是使刊物增進現實和時勢的內容，以適應辛亥以後社會的動盪和人心的變遷。在「禮拜六第五十七期目錄」中，就在「目錄」前刪去了「小說」二字。而目錄的最後一條，是編者王鈍根撰寫的一組「國恥錄」，以後多期都保持了這一欄目。而在「第五十八期目錄」中，開首第一篇為韋士所寫的〈魚雷艦長〉，此文標以「甲午軼聞」，寫的是十年前甲午海戰當事人的血淚記憶，可見已不是純粹的小說作品了。自停刊到再復刊後，情形更是大變，這可能是受新文學運動的擠迫和影響，非小說類在刊物中占了更大比重。如「第一百九十一期」，就有筆記體的〈人妖〉、〈鬼與人鬥〉和〈照片之異〉等短章；有第一人稱的寫學校生活的散文〈家信〉（這估計是投稿，文末還注明「不受酬」）；有介乎於今天的「微型小說」或副刊散文之間的數百字的〈三個人的談話〉（此亦一上海作者的投稿）；還有總題為〈開顏錄〉的一組笑話（作者為重慶劉玉笙）；還有嵌字遊戲詩一類的文字，等等。而在「第一百九十七期」中，以較顯著的篇幅刊載了上海徐哲身敘述自己現實感受的散文〈我的狗〉，全文密加圈點，文末還有編者按語：「鈍根曰：讀哲身此篇，不知是血是淚，為之擊案長歎，愀然不怡者累日。」值得一提的是，此篇和後面一篇署名「寸心」的〈發財的女兒〉，還有上面所舉的〈家信〉，都一改「禮拜六派」的文言傳統，用的都是白話。這一期中還有署名「巽觀」的〈垂楊筆記〉六則，多係掌故加議論，而以「洪憲時期」的近典為主，這也是散文之一種了。此外，也有「書名嵌字」等等。總的看，後期的《禮拜六》除內容上刻意增加現實題材外，在形式上，也已不再是一本小說週刊，而更多採用了副刊的編法，即盡可能地雜一些，多樣一些，這正是為適應新文學運動以後讀者的閱讀需求。而其中最可注意者，一是白話散文的出現，其二就是「笑話」的引入。

這裏且抄錄「一百九十一期」中的兩則〈開顏錄〉，以見一斑：

藥房主人與書局主人會於路上，藥房主人曰：君日居書林，目睹萬卷，必然滿腹詩書，才學宏富，非人所能及也。書局主人答曰：吾不及君多矣，貴藥局各種仙丹芝草，先生諒常食之，當長生不老也。

子問父曰：木板何以得平滑？父曰：兒不見諸木匠之刨木乎？雙手持刨推之，無論何種不光之物，亦能平滑也。子曰：然則父面上之麻點，呼木工推之，亦可得平滑乎？

這兩則，前者近雅，後者近俗。抄於此，也為下文與語堂先生對照，留一伏筆也。

林語堂不像劉半農，他與「鴛鴦蝴蝶」之類的舊文學沒有什麼聯繫。他出生於閩南漳州一個鄉村牧師的家庭，父親從小給他的教育就是基督教的《聖經》和中國的四書五經。以後他在上海的聖約翰大學打下了堅實的英語基礎，畢業後到北京清華學校（清華大學前身）任教。這時他發現了自己中文知識的貧薄，開始自覺地「惡補」；而「五四」運動也已來臨，他成了《新青年》的投稿者，在一九一八年二月和四月發表了兩篇談「漢字索引制」的文章，引起了胡適的重視。第二年他在胡適的資助下赴美留學，從哈佛畢業後又到法國和德國讀書，獲得博士學位後，回北京大學任教授。雖然胡適有恩於他，他卻和魯迅、周作人走得更近，很快成為「語絲派」的健將。從這樣的簡歷中可以看出，他完全是正規西方教育和「五四」新文學運動的產物，他怎麼可能和卿卿我我的「禮拜六派」弄到一起去呢？

然而，且慢。一九三二年九月，以邵洵美的時代書局為依託，林語堂和一幫朋友辦起了《論語》半月刊，林任主編。這是一個標榜「中立主義、客觀主義」的散文刊物，自創刊號起，連續登載多期的〈論語社同人戒條〉的前兩條就是：

一，不反革命。

二，不談論我們看不起的人，……但我們所愛護的，要儘量批評（如我們的祖國，現代武人，有希望的作家，及非絕對無望的革命家）。

當時他文章中凡說到「反革命」，都是指左翼或革命者；而說到「革命者」「革命家」等，則基本都是指那時的官僚和統治者。此戒條為批評統治者埋下了伏筆。但他的原意，是辦一本超脫政治的雜誌，既不同於左翼刊物，也不同於國民黨的御用刊物。這也正如他所說的：「東家是個普羅，西家是個法西，洒家則看不上這些玩意兒，一定要說什麼主義，咱只會說想做人吧。」（〈有不為齋叢書序〉）那時候，右翼的御用刊物是招人厭惡的，根本沒有市場；左翼雜誌賣得比較好，但主要也是左翼青年和同情左翼的進步讀者在買，市場並不是很大；像《論語》這樣的刊物走中間路線，竟一下子贏得了巨大的市場，令各方——也令辦刊的林語堂等——大吃了一驚。當然關鍵還在於林語堂打出了「幽默」的旗號，此前標榜不左不右的刊物並不是沒有，在中國打幽默旗號的散文刊物卻從未有過。那時的情景，正如魯迅兩年後在〈一思而行〉中所說的：「然而轟的一聲，天下無不幽默和小品……」

《論語》初創刊時，大家並不準備賺錢，甚至連稿費也可以不要，這和《語絲》創刊的情景倒有點像。不料創刊號銷路意外大好，當事人章克標後來回憶道：「創刊號重印了幾次，一下子轟動了讀書界，以後也保持了這股勢頭。《論語》的暢銷引起了各方面出版的興趣，都來競相辦刊物了。」（《文苑草木‧林語堂兩則》）三十年代的「雜誌年」，其源頭就在這裏。邵洵美雖然搞了多年出版，辦了那麼多的雜誌，但真正賺錢的，也就是林語堂的《論語》。後來林邵鬧翻，其根源也在賺錢這一端。幾年後也成為《論語》編輯的林達祖晚年回憶說：早期《論語》封二上刊登的「本刊各地代銷處」，可分三類，本埠有上海的光華書局、現代書局、神州國光社等二十七家代售；外埠有各地書局代售，如南京就有花牌樓書局、世界書局等七家，這樣輻射到各省會城市甚至邊遠地區，可說覆蓋了大半個中國；此外還遠銷南洋各地華語區，如仰光的鼎新書局，新加坡的上海書局，甚至美國的大光公司都是《論語》的代售處。「所以說當年的《論語》確是暢銷海內外，為當時文壇最為暢銷的刊物之一。」（〈滬上名刊《論語》談往〉頁十七至十八）

既然一開始並不準備賺錢，而後來大賺，這就是市場選擇了林語堂，而不是林語堂選擇了市場。但市場何以會選擇他呢？這也是一種「適者生存」。於是我們發現，《論語》中確有不少大受市民歡迎的形式和內容，它們往往會成為暢銷的標誌。我首先想到的，就是笑話。

每期《論語》都有不少笑話，有些並不好笑的東西也是拿來當笑話講的，但也多有標準的傳統的笑話在。比如第一期的目錄中，我們就能找到這樣的標題：〈有驢無人騎〉、〈日人之不幽默〉、〈幽默好例〉、〈龍蝦灰色〉、〈晏子詼諧三則〉、〈蘇秦吃鹹蛋的故事〉、〈留學生善用抽水馬桶〉、〈邊孝先腹便便〉、〈拘禮者戒〉……這些題目，與後期《禮拜六》中的那些「開顏錄」，是有異曲同工之妙的。

當然不能光看題目，還得真正深入進去。那麼，我們就來試看老舍吧，他是《論語》最重要的作者之一，也是一位典型的新文學家。老舍較早刊於《論語》的文章是第四期上的〈祭子路岳母文〉，此文極盡插科打諢之能事，與林語堂發在創刊號上的〈緣起〉相呼應。因林說：「惜其時子路之岳母尚在，子路以辦報請，岳母不從。事遂寢。今年七月，子路的岳母死。於是大家齊立曰：『山梁雌雉，時哉！時哉！』三嗅而作，作《論語》。」於是他也模仿八股式的文言調侃道：

夫子路之岳母者，子路之妻母而孩子們之姥姥也。夫姥姥何為而反對子路辦報也？不聞夫子乎：「由也，升堂矣，未入於室也。」子路而升堂，顯系知縣大老爺矣，知縣而升堂，而未入於室，是因廢私，而欲試行生育制裁者矣。而再辦報，入室之望微矣！齊家而後國治，子路獨不知耶？岳母之用心其女中堯舜也歟，嗚呼哀哉！而子路之友，於老太太歸天之際，齊呼「山梁雌雉，時哉！時哉！」且三嗅而作焉。焉作？作《論語》？是可忍哉孰不可忍！

這種相互間的調侃，本是「禮拜六」派的專長，其流風遺韻，我們從今日的評彈表演中還能領略到；而用這種文言方式調侃，就更得鴛蝴派文人之真傳了；而況所說又是「入室」「廢私」「生育制裁」之類的話題。所以，在趣味上，此與彼，真是相去未遠的。

在《論語》第七期上，老舍又有〈濟南專電〉六則，現抄其四：

曆城有張三（譯音）博士者，讀《論語》淚下如雨；《論語》濟南通信員幾自殺！

老九記冬季大減價，購貨一元以上隨贈《論語》一冊。不確。

留德博士某，欲加入《論語》社，問問可否仍穿西服？

南關王氏夫婦因爭讀《論語》反目，決定離婚。法官擬請《論語》社諸賢來濟，切實指導發笑法。

這些都屬沒話找話，但讀來確有發笑的感覺，難得老舍那一片兒童般的逗笑的機智。可是這種「為笑笑而笑笑」，到底是離新文學近，還是離「禮拜六」近呢？

我以為最說明問題的還是老舍發在《論語》第十一期上的〈當幽默變成油抹〉。它寫小二小三兩個孩子發現爸媽坐在書房裏什麼也不做，老是拿著一本薄雜誌發笑，還不住感歎：「真幽默，哎呀，真幽默！」媽媽則一直要爸爸再念一段。孩子當然不懂幽默，聽成了油抹，可是上次把油抹在袖上卻被大人打了。爸媽出去了，他們就把那本小書找出來，結果裏面都是黑字，根本沒有好笑的圖畫。他們闖了不少禍，其中當然包括再一次的「油抹」。爸爸回來後很生氣，眼看他們又要挨打，幸好爸爸手中有一本新的《論語》，一不小心又看下去，他什麼都忘了，一拍大腿又說：「真幽默！」

這讓人想起《禮拜六》創刊號上那篇自稱為「短篇瞎說」的〈禮拜六〉。那是出於編者王鈍根的手筆，寫一個名叫李伯魯的人，外號「禮拜六」，他願意人家叫這外號，因為他總能在禮拜六這天遇到他所中意的鳳珠。後來幾經周折，有情人終成眷屬。現在，他和鳳珠常在禮拜六這天前來購閱小說週刊《禮拜六》云。此文與老舍之文都是虛構一個故事，調侃一番，為本雜誌做廣告。文風與意趣上的相像，自不待言。

當然，《論語》與《禮拜六》有著很根本的不同，其創刊之初，連魯迅都頻頻投稿，可見它自有不俗的一面。但本文著重談它的「同」，目的是為了發現市場何以對其情有獨鍾。事實上，在體裁、題材、文風、編排方式上，二者都有相似的地方。此處再舉一例：《論語》自創刊之後，就喜出「專號」，這裏有比較嚴肅的從現實事件出發的（比如「蕭伯納專號」），也有頗近於無聊的（如晚期的「睡的專號」）。無聊的專號就是變相的同題作文，跡近於沒話找話。而沒話找話的同題作文，又正是《禮拜六》的專長，即在第一期中，除了上面提到的鈍根的「短篇瞎說」《禮拜六》外，同時還有另一篇同名的《禮拜六》，作者為「大錯」。這當然不會是從生活出發的、真正有感而發的創作，而只能是由編者逼出來的即興之作，無非是賣弄一些聰明急智和文詞老調，其輕薄浮滑可想。

總而言之，《論語》自創刊之日，就走上了一條暢銷的大道。這不是偶然的，是其內部本來即有暢銷的潛質。令人深思的是，《禮拜六》在辦刊的過程中，不斷調整自己，以向新的讀者趣味靠攏；而新文學陣營中人卻在辦刊時，不自覺地吸取了「禮拜六派」的種種舊習，從而受到了更廣泛的讀者群的青睞。這裏肯定有一隻「看不見的手」在操縱——這不是上帝，不是宿命，而是市場。辦刊者多少總要考慮到市場，市場則更會誘人改變。當然，林語堂的性格本身就有易於受市場歡迎的一面，這正是他與胡適、魯迅、周作人的不同。這一層，我們放到下一篇中詳說。關於《論語》在散文藝術上的成敗得失，我們也放到下一篇中展開吧。

再總括一句：如果說，胡適的文章是為廣義的學生而寫，周作人的文章是為自己的同道而寫，魯迅則更多地是為他的對手而寫的——作為「談話風」的散文，他們的風格都與自己的談話對象直接相關——那麼，林語堂和他的「論語派」，就可以說是面向更廣大的讀者市場的了。

對於《禮拜六》創刊號上的那篇發刊詞來說，《論語》也許是它大得出乎意料的轟然而悠然的迴響。

十、文學市場與幽默實驗

林語堂是「五四」後新文學營壘中，第一個與市場聯手的大作家。此前此後，雖然也有過李小峰、成舍我、趙家璧等善於經營的文化人，但多為出版家或報人，主要身份都還不是作家。

在林語堂的性格中，確有適合於市場，適合於「暢銷」的因素。這只要與魯迅、胡適、周作人稍作對比，就能比出來的。

我們先來看一個有關魯迅的故事。一九三三年七月，良友圖書公司的年輕編輯趙家璧聽說上海江西路德國人開的書店裏新到了四種袖珍本木刻連環畫，就是魯迅文章中曾提到的麥綏萊勒的作品，趕緊去買。書已售罄，他向買得這套書的葉靈鳳借來看了，發現構圖表現力極強，決定出版。遂請魯迅為其中的《一個人的受難》寫了序，另三本的序分別由郁達夫、葉靈鳳和他自己寫。這套書到十月份就發行了，每種印了二千冊，魯迅甚為滿意。第二年五六月間，趙家璧去拜訪魯迅，提到《大晚報》副刊上有人認為這套書不應滿足於放在書店大玻璃櫥窗內，而應走向租書攤去爭取廣大讀者。魯迅聽了哈哈大笑，說：麥氏的木刻畫和流行的連環畫讀者間的距離實在太大了。他提議趙家璧編一些大家熟悉愛看的歷史人物和故事，由出版社提供文字腳本，再到那些舊式連環畫家中找幾位高手，繪畫技法可參考吳友如的《點石齋畫報》和繡像小說，千萬別用印象派或明暗的木刻畫。這說明，魯迅其實深知自己的藝術趣味和讀者、和市場之間的距離；他也深知迎合市場的方法。但他決不因此降低自己的藝術趣味。

當然，魯迅與市場之間的距離並不只在趣味的高下，他的不妥協的戰鬥作風，也為市場所懼怕。雖然這在一定的時候一定的範圍內也能贏得不差的銷路，但終究不會是那種大規模的暢銷，一般的市民讀者至多也就是看看熱鬧而已，並不會真心喜歡。他給自己的母親選書，就選張恨水的長篇章回小說，而不選自己的《阿Q正傳》與《故事新編》，更不會選《野草》或《華蓋集續編》，這都很能說明問題。

林語堂雖然也有他的「土匪時期」，他是「語絲派」健將，跟著魯迅一起衝鋒陷陣過，一本《翦拂集》就是最好的證明；他受過西方的正規教育，有紳士式的趣味，也追求高雅的享受。這些都可能使他脫離更廣大的「庸眾」。然而他有一點和魯迅截然不同，那就是玲瓏多變。這倒不是曲意奉合，而是他的性格中原本就有多樣的興趣，一如孩童，本來就不定於某一點。而魯迅是深刻的，固執的，決不動搖的。林語堂做事投入，聰明過人，常能做一件成一件，是那種有高收入的「成功人士」。一生中，不論是編教科書、編雜誌、提倡幽默小品、向西方介紹中國文化、用英文寫小說，無不有聲有色，每每出人頭地（唯一不成功的大概就是年輕時研製中文打字機了）。他的散文早期追隨魯迅，後又追隨周作人，這種風格上的轉變也是徹底而決絕的，而不像魯迅和周作人那樣，在文章中永遠看得出沉重的過去。難怪郁達夫說他：「生性戇直，渾樸天真，假令生在美國，不但文學上可以成功，就是全副事業，也可以睥睨一世，氣吞小羅斯福之流。」他後來在美國的經歷，正應證了郁達夫的話。——讓市場來選擇寵兒，當然會選這樣的人，而不會選倔強的、「橫眉冷對」的魯迅。

胡適也曾經大大地「暢銷」過，但這不是他主動與市場聯手，而是新文化運動使其「暴得大名」，是撞上來的好運。漸漸地，他又變得不暢銷了，究其原因，是興趣太系於學問，而且越研究越深，課題越弄越偏，從提倡白話到研究《紅樓夢》，再到研究哲學，研究禪宗，再到研究《水經注》，把本來吸引過來的大眾「眼球」都給研究跑了。難怪除學術圈外的讀者讀他書的越來越少，紛紛尋求更刺激更好玩更不費心力的東西，或者更為激進的東西去了。林語堂雖然也當了多年教授（他在北大講課極受歡迎），並有語言學方面的科研專長，但他的興趣並不在此，至少是無甚執著，終其一生，並沒有太多學術成果，只出過一部影響並不很大的《語言學論叢》（一九三三年開明書店版）。從此書的〈弁言〉看，他對所收的論文，滿意的並不多。與其埋頭於「燕齊魯衛陽聲對轉考」之類，他寧可去寫《吾國與吾民》、《武則天傳》這樣對西方讀者更有轟動效應的書。——他與胡適的這種截然相反的選擇，決定了市場的青睞必定落在他的頭上。

林語堂自進入「論語」時期後，在思想和文風上主動向周作人靠攏。他的鼓吹閒適，提倡晚明小品等，都看得出周作人的影子。而《人間世》創刊時以〈知堂五十自壽詩〉打頭，更是現代文壇的一件大事。但讀多了周作人的散文，再來讀林語堂的小品，會發現他的語氣略顯迫促，意思稍嫌淺近，在「知堂老人」身邊，彷彿是一位口無遮攔、反應奇快的頑童。更重要的是，他的閒適是真閒適，一旦寫起自己的生活圈子來，他就變得無牽無掛，對周遭的人生也不再有太多的不滿或不平，在在顯示了一位紳士先生的悠然自得。也因此，他談抽煙就真的談抽煙，寫吃茶就真的寫吃茶，不像周作人總能從普普通通的小事上讓人體味到複雜的心境。所以他的文章常常只在小小的題目範圍內打轉，讀多了不免讓人感到一絲無聊。周作人則自謂：「拙文貌似閒適，往往誤人，唯一二舊友知其苦味，廢名昔日文中曾約略說及，近見日本友人議論拙文，謂有時讀之頗感苦悶，鄙人甚感其言。」（《藥味集・序》）雖然，這種帶著苦味的文章比沾沾自喜的閒適有更深刻的內涵，正如胡適的《水經注》研究比向西人泛泛介紹中國文化有更高的學術價值，也正如魯迅的精神價值比之於林語堂的玲瓏多變更顯難能可貴，但市場，無疑更喜歡後者。——那一臉揮之不去的深刻的苦相，怎麼可能讓追求輕鬆的消費者們長久地簇擁狂歡？

暢銷，由於要面向最廣大的讀者市場，而不只是在精英圈內周轉，所以，人類精神生活中最頂端的那一部分，必然要被無情削去。這是不以人的意志為轉移的。

而文學市場中最暢銷的部分，還有一種隱性的基本的構成，它是最廣大的市民讀者的知識、與趣、閱讀量分佈的同比映照。至少在中國，我們可以看到這樣幾個長存的暢銷板塊：一、驚險－打鬥；二、言情－色情；三、笑話。

與林語堂關係緊密的，是笑話。雖然他自己只談「幽默」，不說笑話。而在對待笑和笑話的態度上，他與魯迅、周作人之間，出現了明顯的差別。

胡適是個忙人，也是個平易而頂真的人，他為文沒有太多玩笑和幽默的筆調，在我的印象中，也沒有專門編纂過笑話集（只聽說曾刻意收藏過世界各國「怕老婆的故事」，事見胡頌平《胡適之先生晚年談話錄》）。而魯迅和周作人，與笑話的關係要相對密切些，多少還都參與過笑話集的編纂。

魯迅是既嚴肅又愛笑的，他身上的幽默細胞，比之於林語堂，肯定是有過之而無不及的。可以說，他自己就是一個源源不斷創作笑話的人。比如，在〈奇怪（三）〉中（載《花邊文學》），他引用了葉靈鳳的一段《編者隨筆》：「只是每期供給一點並不怎樣沉重的文字和圖畫，使對於文藝有興趣的讀者能醒一醒被其他嚴重的問題所疲倦了的眼睛，或者破顏一笑，只是如此而已。」他對這段話略作剖析，提出了一些疑問。臨末，卻來了這樣一個收尾：

> 那麼，我也來「破顏一笑」吧——
>
> 哈！

這真是神來之筆，讓人忍俊不禁。作者的忽莊忽諧，那種內在的壓抑不住的玩笑衝動，躍然紙上。但他不是為笑而笑，不是為了給大家湊趣、逗樂，而總是帶著一點「攻擊性」的。所以，他把自己散文中的這種喜劇性因素稱為「諷刺」，以區別於林語堂提倡的「幽默」。

魯迅不僅是創作家也是批評家，他對於「笑」的研究（包括對諷刺、幽默、滑稽，以至謾罵等），有很高的理論價值。這方面論文已多，此處避過不表。只提一下那篇七百餘字的〈從諷刺到幽默〉（載《偽自由書》），此文內容極為豐富，是魯迅一生中最好的文章之一，寫於一九三三年三月，正是《論語》創刊半周年之際。他指出，「肚子裏總還有半口悶氣」的人，又不願成為「文字獄」的主角，就會「借著笑的幌子，哈哈的吐他出來」——

我想：這便是去年以來，文字上流行了「幽默」的原因，但其中單是「為笑笑而笑笑」的自然也不少。

然而這情形恐怕是過不長久的，「幽默」既非國產，中國人也不是長於「幽默」的人民，而現在又實在是難於幽默的時候。於是雖幽默也就免不了改變樣子了，非傾於對社會的諷刺，即墮入傳統的「說笑話」和「討便宜」。

這可說是他對半年《論語》的總評。既肯定了幽默的積極價值，又點明了無聊逗笑的作品為數不少；同時也從客觀環境上分析了如此幽默下去的不易，指出今後無非向兩方面分化，或回歸諷刺，或者就是流於「禮拜六」式的「說笑話」「討便宜」了。雖然，後來的事實證明，在諷刺家與「禮拜六」之間，還是可以有既不與黑暗社會妥協也不與陳腐傳統合作的「幽默家」的存在，但他的「墮入傳統」的警告，實在是極有遠見的。

除了在自己的文章中不時爆出令人噴飯的諷刺性的「笑話」，魯迅還參與了兩種笑話集的編輯工作。其一是日本學者增田涉選編《世界幽默全集》的中國部分時，他給予了積極的幫助；其二就是他於一九一四年特地抄成《百喻經》，捐資重刻木版，到一九二六年又作題記介紹。按周作人的說法，《百喻經》中的相當一部分正是笑話。這裏所編的，當然也是「傳統的笑話」，但這畢竟是一種學術性的工作。

所以，魯迅的諷刺性的笑話創作和學術性的笑話編纂工作，雖都與「笑話」有關，卻仍然與更廣大的市場無緣。

周作人一生編過好幾種笑話，最早是一九二四年七月編寫的《徐文長故事》。據「小引」中說，寫這篇的原因，首先就是「可供學者研究之用」；另一原因，則是不想再說話，「怕得罪人」，還不如編些這樣的東西——「中國反正是一團糟，我們犯不著為了幾句空話被老頭子小夥子（他們原是一夥兒）受恨，上區成訟……」可見他對現實社會的批評已經失去信心，但在笑話之中卻仍寄寓著不滿。一九三三年，他又編纂了《苦茶庵笑話選》，主要彙集了明清笑話集《笑府》、

《笑倒》和《笑得好》三種，在這過程中，他對中國笑話史作了系統的研究。他發現，笑話的內容，據《笑林廣記》所分，共有十二類，但他在〈序〉中作了更簡捷的概括：

總合起來又可以簡單地分做挖苦與猥褻兩大類，二者之間固然常有相混的地方，但是猥褻的力量很大，而且引人發笑的緣故又與別的顯然不同，如挖苦呆女婿的故事，以兩性關係為材料，則聽者之笑不在其呆而在猥褻……故猥褻的笑話為數殆極多。所謂挖苦者指以愚蠢殘疾謬誤失敗為材料的皆是，此類性質不一，有極幼稚簡單者，亦有較複雜者。……至於猥褻的分子在笑話裏自有其特殊的意義……它另有一種無敵的刺激力，便是引起人生最強大的大欲，促其進行，不過並未抵於實現而以一笑了事，此所以成為笑話而又與別的有殊者也。這個現象略與呵癢相似，據藹理斯說，呵癢原與性的悦樂相近……。英國格萊格在所著的《笑與喜劇的心理》第五章……曾說，「在野蠻民族及各國缺少教育的人民中間猥褻的笑話非常通行，其第一理由是容易說。只消一二暗示的字句，不意地說出，便會使得那些耕田的少年和擠牛奶的女郎都格格的笑，一種猥褻的姿勢使得音樂堂裏充滿了笑聲。其第二個更為重要的理由則是有力量，猥褻的笑話比別種的對於性欲更有強烈的刺激力。」由此看來，我們對於這類笑話的橫行可以得到諒解，但是其本相亦隨明瞭，短長顯然可知，翻開各笑話書即見此類疊出不窮，而選擇安排到恰好處，可入著作之林者，蓋極不易得……

周作人認為，「其表示刻露者，在民俗資料上多極有價值」，可惜他的書裏也未能選入。在這篇序的末了，他又說：「在此刻來編集笑話，似乎正趕上幽默的流行，有點兒近於趨時，然而不然，我沒有幽默，不想說笑話，只是想聽人家說的笑話」，並強調，他的這本笑話集，是「當作俗文學與民俗資料的一種」。這就有意識地與林語堂劃清了界線。

其實他的態度與魯迅差不多：一、為著反抗。魯迅是主張諷刺的笑話，他則在編笑話的過程中表達不滿。二、學術性編纂。他的不同之處是同時對傳統笑話作了深入研究，整理出了「挖苦」與「猥褻」這兩個大類的基本規律。這正體現了他後來與魯迅所走的不同道路：魯迅繼續針對今天的「文明的野蠻」發起襲擊，他則轉向了對「古野蠻」和「小野蠻」的發掘與研究（詳見他的雜文〈拈鬮〉）。他們的努力都有不可取代的價值。周作人與魯迅的另一個共同點，是都不跟在「幽默熱」後面湊趣（他這篇序也寫於一九三三年），而取旁觀的態度，他的「我沒有幽默，不想說笑話」，說得夠直白了。

周作人在一九五六年還編過《明清笑話四種》，這是在《苦茶庵笑話選》的基礎上又增加了趙南星的《笑贊》。在序言中，他強調了古代笑話中「雜取村謠俚諺，耍弄打諢，以泄其骯髒不平之氣」的精神，這又呼應了魯迅的反抗的精神。

林語堂與魯迅、周作人的不同，主要不在理論宣言上，而在他的辦刊實踐中。當然理論上也是有不同的，尤其是圍繞幽默和諷刺，他與魯迅形成了一定的對立：「其實幽默與諷刺極近，卻不定以諷刺為目的。諷刺每趨於酸腐，去其酸辣，而達到沖淡心境，便成幽默。」這與魯迅的勸誡和追求，可說正相反。但接下去的話，他又說得很理想化了，「欲求幽默，必先有深遠之心境，而帶一點我佛慈悲之念頭，然後文章火氣不太盛，讀者得淡然之味。幽默只是一位冷靜超遠的旁觀者，常於笑中帶淚，淚中帶笑。其文清淡自然，不似滑稽之炫奇鬥勝，亦不似鬱惕之出於機警巧辯。……世事看穿，心有所喜悅，用輕快筆調寫出，無所掛礙，不作爛調，不忸怩作道學醜態，不求士大夫之喜譽，不博庸人之歡心，自然幽默。」（〈論幽默〉）這裏的「鬱惕」，即英文之「wit」，機智、戲謔的意思吧。他所描繪的這種寫作狀態，是高於諷刺，超然於現狀，而又同情地關注著現狀，是那種上帝一般的智者的文章。這當然是難得的，但事實上，卻是少有的，只能遇而不可求的。要辦《論語》半月刊，要每月出兩本「幽默」，到哪裡去找這麼多這樣的作者與作品？所以，魯迅勸他還是回到「諷刺」上來，並暗示說，否則終將落入「為笑笑而笑笑」，「墮入傳統的『說笑話』和『討便宜』」。這都不是從理論出發，而是從刊物的實際出發的，是誼兼師友的魯迅觀察了半年之後的由衷之言。可惜林語堂未能認真聽取。

林語堂與二周的區別，一是不相信幽默非要寄寓反抗或不滿，他希望有更超然的創作；二是他不局限於學術性的整理或編纂，而要組織創作，並帶頭創作，要在中國文壇上掀起一個幽默創作的高潮。

他成功了麼？看似成功了，其實卻走入了另一條道。這或者也可說是歪打正著。從他的刊物裏，我們很難看到那種「無所掛礙，不作爛調，不忸怩作道學醜態，不求士大夫之喜譽，不博庸人之歡心」的自然的幽默，卻看到了另一番景象。

但這另一番景象，卻將雜誌引入了暢銷的快車道。

林語堂是一個天才的編輯家，他的組織能力和號召力的確不小，《論語》的作者隊伍不但層次高，而且面極廣。創刊時在刊頭之下公佈的「長期撰稿員」即有二十四人，其中有當時甚具名望的劉半農、趙元任、郁達夫、俞平伯、川島、孫伏園、潘光旦、老舍、謝冰瑩等。自第十一期起，魯迅還連續給《論語》寫稿。後來被稱為「論語八仙」的高產作者，則有林語堂、周作人、郁達夫、俞平伯、老舍、豐子愷、簡又文（大華烈士）和姚穎女士。

然而，當作者們在「幽默」的大旗下搖起自己的筆桿來時，問題馬上出現了。表面看，雜誌大幽其默，應者雲集，整個文壇都為之轟動；但細讀下來，真正好的幽默文章，卻少之又少。我們試找《論語》創刊之初幾位名家的作品，略作剖析：

第一種，是作家本人並不幽默，也用慣了自己的筆調，沒法跟著語堂先生的指揮棒轉。郁達夫就是一例。他是夠配合的了，創刊第一期就拿出了他的散文名作〈釣台的春晝〉，但這篇文章中幽默因數是幾乎不存的。在第三期上，又有他的〈天涼好個秋〉，這是一篇語錄體的短文，直議時事，語多含諷，但還是算不得幽默，令人驚訝的是他的結尾一段，忽然幽默起來，但一點不像達夫筆調，倒更似語堂風格：

故宮的國寶，都已被外國的收藏家收藏去了，這也是當局者很好的一個想頭。因為要看的時候，中國人是仍舊可以跑上外國去看的。一個窮學生，半夜去打開當鋪的門來，問當鋪裏現在是幾點鐘了？因為他那個表，是當鋪裏為他收藏在那裏的，不就是這個意思麼？

我真懷疑這是主編大人替作者改上去的，倘真如此，林語堂那時編稿的辛苦也就可想了。

第二種，作者竭力改變自己風格以適應幽默，盡可能做出笑臉，效果卻不甚佳。如第十期上俞平伯的〈廣亡征！（嘆號的用法依張氏說）〉就是一例，他從標題開始就在努力幽默了，通篇也是這樣的風格，盡可能不把話說得平常，結果文章拉得很長，到文末不由得說了句「數了這一大套貧嘴，很對不起諸君」。看來幽默如太自覺、太用力，真會變成耍貧嘴的。第十二期「蕭伯納專號」中全增嘏的〈關於蕭老頭子〉，也是這種沒話找話的耍貧嘴之作。且看這一段：

要是我那天站得同蕭伯納很近，我還可以寫一篇素描，讓大家知道蕭伯納的牙齒是真的還是假的，他的領帶是紅色還是藍色。但是可惜我坐得很遠，所能看見的只是那些把蕭老頭團團圍住的人的背影。……

第三種，就是我在〈林語堂與「禮拜六」〉中所說的，那些舊式的笑話，文人間的調侃和「討便宜」，跡近無聊的逗笑和賣弄聰明的編排故事，又開始乘虛而入了。這是鴛蝴派風格的復活，老舍的有些小品即與之相去未遠。

第四種，可以林語堂自己為代表，能與幽默的旗號大致適應，也寫出了一些後來成為名篇的幽默文章，如第六期上的〈我的戒煙〉等；但也並非時時都能幽默，第一期上的〈悼張宗昌〉就通篇都是他所不贊成的「諷刺」，而語句又難免流於油滑。第十四期上儲安平的〈來京記〉倒真是一篇好文，平實而不造作，有內在的幽默感，但又較為辛辣，與主編要求的「去其酸辣」不太相符了。

總而言之，作為主編的語堂先生的理論規範是相當高妙的，但編刊實際卻難以盡如人意。這是因為作家們各有風格品性，即使要最幽默的作家每期作一幽默小品也未必可得，何況俞平伯、郁達夫這樣的成熟作家呢？《論語》的幽默大旗是很合於文學市場的，但讓各路作家彙聚這杆旗下的幽默實驗則很難說是成功的。

既然如此，為什麼《論語》又這麼暢銷呢？我想，這首先因為「笑話」本身是暢銷的，雖然你講的是「幽默」，聽者則只當你是「笑話」，而幽默作為「洋笑話」還能給老聽客以嘗鮮感；其次，是新文學家編「笑話」，一如世家子弟下海，人們更想看看熱鬧，而況又聚集了那麼多的名家；其三，是幽默雜誌中終於出現了市民們熟悉的老笑話，調侃忸怩討便宜，讓老聽客們有久違的親切感，新文學的讀者中也未必沒有想聽「禮拜六」式的舊笑話的潛在慾望（甚至新文學的作家中也多有說這種舊笑話的潛質），於是新老合璧，華洋雜湊，好不熱鬧；當然，還有其四，是雜誌中畢竟有著不少上好的文章，有幽默，有諷刺，有思想，有情趣，這又是過去的舊雜誌所不具備的。

不過無論如何，這時的林語堂，其實還未找到既能讓雜誌適應市場，又能充分調動作家們的創作個性的好方法。他的真正的成功，還在這以後。讓我們下回分解。

十一、從《人間世》到《宇宙風》

林語堂創辦《論語》剛滿一年，就辭去主編，改由他從生活書店請來的陶亢德任主編，他只作主要撰稿人。一九三四年四月，他與陶亢德依託良友圖書公司，辦起了另一本新的半月刊《人間世》。《人間世》出至第二年末停刊。停刊前三個月，林、陶等人另辦了一個自己發行的半月刊《宇宙風》（一九三五年九月）。此後不到一年，林舉家赴美（一九三六年八月），雖仍不斷給《宇宙風》寄稿，但他的編刊生涯，就此徹底結束了。正像施蟄存作為赫赫有名的《現代》雜誌主編，其實一共也就編了兩年略多些；林語堂輝煌顯赫的編輯生涯，充其量也不足四年。但他們都在短暫的時間裏，攪動起連續不斷而又令人難忘的文壇風波，調動了當時最重要的作家，編發了大量重要作品，在文學史上留下了濃重的一筆。在編輯隊伍中，這兩位都可說是靈光乍現的大手筆。

對於林語堂這三本半月刊，歷來的評價，似乎是一本不如一本。這可能是依據他與魯迅關係的逐漸惡化，抑或他與左翼文壇的愈益對立，而很少真正從文學實績上，從編輯實踐上，從他對於文學與市場的協調關係的開拓上，給以公正評價。本文很想翻一翻這個案。

先看萬平近先生的《林語堂評傳》：「林語堂創辦的《論語》、《人間世》、《宇宙風》等刊物，儘管自始至終打著不涉及黨派政治的中間旗號，但刊物的具體內容並不全然與政治無關。《論語》在創刊頭一二年，發表了不少政論性雜文。……《人間世》、《宇宙風》創刊後，嘲諷時政的文章已少見，攻擊左翼文學的文章增多，儘管刊物仍打著中間旗號，在《人間世》、《宇宙風》發表作品的作家仍然相容並包，但林語堂與論語派主要人物已不再是中間狀態，而是向國民黨政府傾斜了。」（二〇〇八年上海遠東版修訂本頁八一至八二）

再看陳平原主編的論文集《文學語言與文章體式》中，杜玲玲的〈小品文的危機與生機——以《論語》、《人間世》、《宇宙風》為中心〉的評價：「從《論語》到《人間世》再到《宇宙風》，作者的陣容越來越小，議題也越來越集中，趣味越來越狹隘。越是想暢談人生、兼顧宇宙與蒼蠅，越是辭不達意、只顧蒼蠅；越是想表出『性靈』、『不拘格套』，越容易流於做作、拘謹、千篇一律。林語堂也意識到這一點，所以在《宇宙風》創刊時……想通過雜誌的通俗形式，來貼近現實、貼近人生，試圖回到當初《論語》較為開放、較為尖銳的狀態，結果未遂。」（二〇〇六年安徽教育版頁四六七）

這是出於兩代學人手筆的兩種較為典型的評價，前者著重於政治傾向，後者著重於文學傾向，可惜都不合這三種刊物的實際。

筆者以為，林語堂創辦這三本刊物，走的是一條上坡路，思路一本比一本開闊，格局一本比一本大。其中最不成功的恰恰倒是《論語》——這不是從一時的「轟動效應」，或從刊物裏部分文章中抽取的政治因素出發，而是從刊物的實際質量出發。好在林語堂始終有一種開放的思路，從不躺在已有成績上不思進取，在有了幾年的編刊實踐，經過幾番艱難摸索後，至《宇宙風》風行，其實已經找到了一條既面向作家又面向讀者市場的通衢大道。當然，這裏應該還有陶亢德的一份功勞。

當初《論語》打出的是「幽默」的旗號，而在《人間世》的刊名下標出的是「小品文半月刊」，在《宇宙風》刊名下標出的已是「散文半月刊」了（自五十期起還一度改為「散文十日刊」，足見其稿源之富）。這三種旗號的變化，其實是一個思路的漸變，這是新文學起步以後，白話散文正式與市場接軌的一段重要歷程，也是林語堂留給今日文壇的一份精神財富。

正如我們在前文中已經說過的，《論語》甫一上市即現暢銷趨勢，這與林語堂打出的「幽默」旗號大有關係。但幽默是喜劇性的一種，是一個不太寬泛的美學範疇，要一個刊物的作品全都囿於此，實在是不明智的。即使範圍再加寬一些，比如，以喜劇性、悲劇性，或優美、壯美，來為一本刊物定調，結果也不會更佳。刊物是要一期期出下去的，整本整本的「優美」難免不看得人起膩。所以，有經驗的雜誌和副刊的主持者，都愛強調一個「雜」字，就是為了避免色調單一和強使作者向自己靠攏。而這時的林語堂，所依憑的是聰明和運氣，外加一股莽撞的銳氣，編輯經驗則幾乎沒有。他的「幽默」歪打正著，與鴛蝴派創下的笑話傳統合於一體，致使銷路大好；而同時，又要求作者們都來幽上一默，這就在事實上犯了編文學刊物的大忌。如從文學與市場的關係著眼，那麼，他其實是要作家們和他一樣，直接面對市場，不斷提供合乎購買者需要的產品，以保持銷路的上升。許多作家的勉為其難，強作笑顏（比如俞平伯），病根就出在這位主編大人身上。

林語堂未必看不到問題所在。在《論語》第三十九期上，有他的一篇〈《論語文選》序〉，雖然還是正面自唱讚歌，細讀，卻不難看出他矛盾複雜的心理：

幽默本非易事，辦幽默刊物更難。《論語》佳稿源源而來，驚為吾所意料不到。然每期四萬字，雖大約篇篇可讀，究非篇篇值得重讀。外間批評《論語》，期望殊般，到底幽默是否成功，似乎又應擷其英華，通盤估量。《論語》創辦至此一年又半矣，倘此一年半中有幽默成功之作品三四十篇，已符吾最奢之奢望。……

一年半中，《論語》一共有多少篇呢？試看創刊號，有大標題的文章是十七篇（其中有的一篇中就含十一則短文），如加上九篇補白，那就是二十六篇。我們以每期二十篇計，那一年半也應有七八百篇。這樣，三四十篇，就是二十分之一都不到，一期裏還不定能選出一篇來。這恐怕就是《論語》質量的真實寫照。此文中，還插入這樣一句：「文之為物，本難劃定鴻溝，佳思之來，順其自然，不應強之入我版套。此蓋性靈派文人所不為也。」這裏，是不是也暗含了他對於自己編輯思想的反思？

此文寫於一九三四年四月，離魯迅提出的小心「墮入傳統的『說笑話』和『討便宜』」的告誡，又有一年了。聰明如林語堂，面對刊物實際，恐怕還是「心有戚戚焉」的。所以，也就在當月，他另起爐灶的《人間世》開張了，那旗號已不再是「幽默」，而是「小品文」了。

我們曾經說過，林語堂是正規的西方教育與五四新文學運動的產物，他當然不願與「禮拜六」派混為一談。但既已嘗到了暢銷的甜頭，這一端他也是不願放棄的——不然何必再辦新刊物？那麼，作為散文刊物，既要擺脫「俗」的泥沼，往「雅」的一面靠，就難免要走魯迅的或周作人的路子。按魯迅所說的增強諷刺性戰鬥性，他不願，也不敢，當時白色恐怖加劇（他與魯迅的共同戰友楊杏佛十個月前剛被暗殺），左翼刊物舉步維艱、三日兩頭停刊的事他也是親眼目睹的。周作人的路子則本與他相距未遠，《論語》除了幽默還同時提倡小品，從幽默刊物轉到小品文刊物，對於他正是順理成章的事。而這樣一轉，天地頓時開闊起來，作者們不必再學著他的筆調硬作幽默狀了；鴛蝴派的陷阱也可跳出來了；此前，周作人的《中國新文學的源流》與沈啟无編的《近代散文鈔》都已出版，新文學與晚明小品的關係一時成為文壇最熱門的話題，周作人的影響如日中天，此時出版小品刊物，其暢銷程度，說不定還可更甚於前。一舉數得，何樂而不為？

這就是《人間世》一開張就以〈知堂五十自壽詩〉打頭的緣由。從這時起，知堂小品就成了新刊物的旗幟。

林語堂在《人間世》的〈發刊詞〉中寫道：

十四年來中國現代文學唯一之成功，小品文之成功也。創作小說，即有佳作，亦由小品散文訓練而來。蓋小品文，可以發揮議論，可以暢泄衷情，可以摹繪人情，可以形容世故，可以札記瑣屑，可以談天說地，本無範圍，特以自我為中心，以閒適為格調，與各體別，西方文學所謂個人筆調是也。故善治情感與議論於一爐，而成現代散文之技巧。《人間世》之創刊，專為登載小品文而設，蓋欲就其已有之成功，扶波助瀾，使其愈增暢盛。……

從這段話裏可以看出，林語堂想要繼承發揚的正是五四新文學傳統，而在已有的成功基礎上的「扶波助瀾，使其愈增暢盛」，則不妨理解為把精英層的白話散文的成就引向民間，引向暢銷。《人間世》事實上所做的也正是這一工作。這裏當然有商業上的考慮（即這篇〈發刊詞〉起首的語調，嚴格說也暗含商業廣告的意味），但在中國現代散文的發展上，這不能不說是重要的一步。此前，精英層歸精英層（刊物有《語絲》、《新月》等，並一些重要的副刊），市民讀者則更傾向於鴛蝴派的雜誌和副刊（如《禮拜六》、《紅玫瑰》及《快活林》等），《論語》的暢銷打破了這一界限，但暢銷的內因恰恰是遷就了鴛蝴派的而不是新文學的趣味。現在，《人間世》重又昂昂然打出了新文學的旗號。

只是，林語堂憑著他孩童般的莽撞和專注（當然也可能是出於商業廣告上的精明盤算），又把「五四」後的新文學說「小」了，「小品文」成了「唯一的成功」，而小品又是「以閒適為格調」，這樣，本刊「專為登載」這種閒適格調的小品似乎就成了發揚五四新文學的最偉大的舉措。這都為他後來的遭受攻擊埋下了伏筆。

但無論如何，在《人間世》上，幽默不再是那張用以限定長短身高的魔鬼的床，它成為可以有也可以沒有的東西，作家的手腳放開了，矯揉造作的文章明顯減少了。刊物設立了各種欄目，有「讀書隨筆」、「譯叢」、「雜俎」、「書評」、「隨感錄」、「今人志」以及「小品文選」和「詩」等，以後又增設「特寫」、「山水」、「思想」、「一夕話」和「西洋雜誌文」，頗顯琳琅滿目。創刊號上的作者，就有蔡元培、周作人、劉半農、沈尹默、林語堂、郁達夫、徐志摩、廢名、豐子愷、朱光潛、廬隱、傅東華、陳子展、簡又文、阿英、徐懋庸、劉大杰、李青崖、全增嘏、徐訏、鶴西等，群賢畢至，少長咸集。而因為作者呈開放式，不立門戶，大量吸收來稿，以後刊物中的內容便更其豐富。第一期中，蔡元培拿出的是〈我所受舊教育之回憶〉，周作人是他的名文〈厰甸〉，朱光潛是〈詩之顯與晦〉，豐子愷是〈文言畫〉，都是當行的重頭戲，還有李青崖的〈俄國的寫真〉，和全增嘏近似於後來「特寫」欄的〈現代作家工作實錄〉，集中在一起，分量甚為可觀。以後，也許是受到左翼的批評吧，寫底層農村的散文也有所增加，像第七期上薛倚的〈還鄉日記〉，第十九期臧克家的〈老哥哥〉等，都是既有生活又很耐讀的。

可是從創刊號的作品看，似與過去《語絲》等文人刊物並無多大區別（何況還少了時政性的雜感、評議），為什麼這就能夠暢銷呢？我以為，一方面是它挾《論語》之餘威，刊物中仍還有「幽默」的餘味，而林語堂本身也已成為一種暢銷元素；更重要的是，編輯在這裏做了很多工作，有內容形式上的整合調理，也包括近乎「炒作」的宣傳和安排。如周作人的兩首詩，本來題為〈二十三年一月十三日偶作牛山體〉，並沒有「自壽」的意思，但林語堂看到了，馬上加了「五秩自壽詩」的題目，作為第一期的打頭稿，配了知堂的照片和手跡，同時請沈尹默、劉半農再加上自己各步原韻唱和，也在同期刊出；這還不算，又廣泛寄發蔡元培、胡適等各界名流，以在下面幾期形成一個唱和的熱潮，這不能不說很有編輯眼光和宣傳意識。只是物極必反，此事引起了左翼的反感，這是他始料未及的。此外，如何把刊物辦得合於讀者口胃，也使這位主編頗費思量。在第四期上有林語堂一篇〈說《小品文半月刊》〉，他比較了週刊、半月刊、月刊、季刊的不同，認為：「週刊太重眼前，季刊太重萬世。週刊文字，多半過旬不堪入目……總不如半月刊之犀利自然，輕爽如意。」此文最後道：

今人所辦月刊，又犯繁重艱澀之弊，亦是染上戴大眼鏡穿厚棉鞋闊步高談毛病。半月刊文約四萬，正好得一夕頑閒閱看兩小時。閱後捲被而臥，明日起來，仍舊辦公抄賬，做校長出通告，自覺精神百倍，猶如赴酒樓小酌者，昨晚新筍炒扁豆滋味猶在齒頰間。

文字很是優美，談的也是深有體會的話。但讀者如還記得當年《禮拜六》創刊號上王鈍根的文章，就會發現，二者何其相似乃爾。這也說明，林語堂對於新散文的走向市場，正與當年通俗刊物主持者一樣用心用力。

然而，林語堂的努力，同時遭致兩方面的不滿，一是以魯迅為代表的左翼，其二則是被他樹為旗幟的周作人。

魯迅和左翼的不滿比較好理解，那主要是對他的「以自我為中心，以閒適為格調」的反感，認為刊物的「不食人間煙火」的傾向，會導致文學遠離社會現實。對這一問題要從兩方面看：一方面，對他的過火批判，暴露了中共黨內的「中間派最危險」等極左思想（據知還是遠在莫斯科的共產國際發現了這一問題，如一九三五年八月十一日蕭三〈給左聯的信〉，就曾出面阻止對林語堂的曠日持久的批判）；另一方面，林語堂雖強調「寄沉痛於幽閒」，但他確有多面性，一旦沉浸於閒適情調，也常會悠然自得，忘卻今夕何夕，這也時常體現在刊物中。所以，左翼對他的批判也不是全無意義。如陳望道主編的《太白》，就是專門為與《人間世》唱對臺戲而創辦的雜誌，此中提倡的科學小品、「社會生活實錄」等散文樣式，後來都被《宇宙風》悄悄地吸收去了。

周作人對《人間世》的不滿，可能很出乎林語堂的意外，但其實也不難理解。前文已經說過，周作人的思想和文章，並不適合暢銷，他的小品「貌似閒適」，卻蘊藏著深刻的不滿，這與林語堂的「真閒適」，在本質上並非一路；而且他的注意力遠不止於小品，當初的提倡「美文」，也主要是想打破白話散文體裁過於單一的現狀，是從新文學發展的總體著眼的，他的格局要比林語堂大得多；現在，那麼多人跟在他後面大談晚明，《人間世》上到處是模仿他風格寫的小品，但徒具形似，那真的內核是根本學不成的，他看了比誰都彆扭。所以，他被祭為「閒適派」小品散文的主帥，而又遭致左翼的強勢圍攻，委實無異「拉郎配」，叫他哭笑不得。於是，一九三五年一月（正是《人間世》辦得最熱火的時候），他公開表示：

> 「我不一定喜歡所謂小品文，小品文這名字我也很不贊成，我覺得文就是文，沒有大品小品之分。」（〈《散文一集》選編感想〉）

這可看作是一通辭去「主帥」的聲明。

此處再補充一條不大被注意的材料，即金性堯散文集《風土小記》中的一篇〈憶若英〉。若英即新文學家阿英，在《人間世》推動小品散文大熱的時候，阿英也曾熱心收藏並提倡晚明小品。但金性堯事後回顧道：

若英在其學問的努力方面，無論文藝理論，通俗文學，晚清史料，劇本等等，深淺是另一回事，但都有其特色。不過於晚明小品方面，依我的管窺，恐要算成就最少了。其實，那時提倡晚明文學的人，除知堂先生等一二人確有其心得外，其餘的用忠恕一點說法，或者都是為了應付生計吧。

這話有點刻薄，其實是中肯的，因當時事實如此。林語堂能算在「知堂先生等一二人」裏嗎？恐怕還不能。我相信，在周作人公開發表聲明之後，他應該會意識到這一點。

這一切，對於林語堂後來停辦「小品文半月刊」《人間世》，改出「散文半月刊」《宇宙風》，肯定是有影響的。而外界只知道他與良友公司關係協調不好，難以暢滿己意，遂改出獨立門戶的新刊物了。

《宇宙風》創刊的時候，雖也在文壇引起很大反響，但比之於林語堂的前兩本半月刊，則簡直可算「低調入市」。《論語》問世，是「轟的一聲，天下無不幽默和小品」；《人間世》開張，因有〈知堂五十自壽詩〉，馬上引起廣泛的應和與攻擊，那接連不斷的論戰幾乎一直延續到它的停刊（魯迅的〈雜談小品文〉即寫於一九三五年的十二月二日）。但這本新雜誌沒有這些引發轟動的招數，林語堂甚至不列名主編，而只與陶亢德並列為「編輯」，第一期上照例會有的〈且說本刊〉，他也說得相當平實：

> 《宇宙風》之刊行，以暢談人生為主旨，以言必近情為戒約；幽默也好，小品也好，不拘定裁；議論則主通俗清新，記述則取夾敘夾議，希望辦成一合於現代文化貼切人生的刊物。

相比之下，「幽默」僅審美範疇之一種，「小品」只散文體裁之一端，取來作新刊宣傳的亮點，當然尖新聳聽，易懂易記，要長期囿於此，使能持久發展，就實在不是一件好辦的事了。林語堂已經吃過這苦頭了，也悟出編輯散文刊物的三昧，這次是真的學乖了。而「暢談人生」「言必近情」「不拘定裁」，顯然要比「幽默」「小品」更合於五四新文學傳統，更抓住了這一傳統的精神實質。具體地說，也更合於文學研究會的「為人生的藝術」，合於知堂所一貫強調的「常識」，合於「語絲」同人的「說自己的話」。尤其是後面那句「辦成一合於現代文化貼切人生的刊物」，可真是說到周作人心裏去了。林語堂這些年有心尾隨周，但提倡幽默，提倡小品，周皆表示並非一路，公然撇清，這一次，看來是找不到反對理由了。果然，翻翻《宇宙風》第一年目錄，就能看到每期都有周作人文章（有時一期連發二稿），這種傾力支持，是很感人的。而同樣傾力支持的，還有郁達夫、豐子愷、老舍，乃至遠在日本的郭沫若。這裏，我們且抄錄《宇宙風》創刊號目錄，聊借一斑而窺全豹：

語堂、亢德　姑妄言之
知　堂　關於焚書坑儒
鼎　堂　海外十年（一）
老　舍　老牛破車（一）
豐子愷　人生漫畫（一）

這是一本僅五十六頁的薄薄的半月刊。其中周作人（知堂）、郭沫若（鼎堂）等大家的專欄，都是相當嚴肅的，似乎只有一二老作者保持著幽默的姿態，連語堂輯的《可喜語》也不再注重於幽默

（輯有孔子、板橋、袁枚、芝加哥大學校長哈金斯等人的語錄，其中板橋語即為：「國將亡，必多忌」）。特別值得注意的是韋啟綸的〈私運煙土記〉，這是寫中國邊遠地區現實生活的紀實散文，但又不乏書卷氣，一開頭從古希臘人說起，頗有點梅裏美式的文風。何容的〈記L團長〉也有相似之妙，它文前的題記是：「一位有殺人癖有殺人理論的軍人」。而馮和儀（蘇青）和唐山的文章則有日常生活科學化的傾向。第二期上又有馮和儀的〈現代母性〉和謝六逸的〈家〉，〈編輯後記〉中稱這兩篇為「貼切人生之作」。第二期中內容更豐富，又有商鴻逵、羅念生、蔡振華和一些陌生作者（如莫石、海戈、凡魚等）的加入，還因「紀念曾孟樸先生特輯」（內有蔡元培、胡適、柳亞子、黃炎培、吳梅等十餘人文章）而增至六十四頁。

但這樣一來，雖或人才濟濟，質量高則高矣，卻儼然一本純文學散文刊物了，是否仍能像《論語》一樣暢銷？向來的經驗，似乎是，高層次的文人學者滿意了，市場便不看好，反之亦然；過去如此，現在仍如此。低調入市的《宇宙風》，銷路又當如何？

——還是一如既往地好！

陶亢德在一九三六年九月寫過一篇〈本刊一年〉，其中說到了一年來的幾個數字：發表文章與漫畫五百餘篇，新老作者共二百餘人，另有二千多投稿者（指未能刊用者）；長期訂戶有四千多，每期零售一萬五千餘本。這樣，當年每期即可銷近二萬本，這已是極可觀的印數了。而據周劭《午夜高樓・前言》（一九九九年上海古籍版）中說，當初鄒韜奮的《生活》週刊曾在《申報》上登巨幅廣告，請上海會計師徐永祚審計，證明《生活》每期銷量十二萬份，為中國期刊第一名；銷量其次的是《東方雜誌》，八萬份；其三就是《宇宙風》，四萬五千份。這一材料尚有疑點，待考。但周劭（黎庵）本是《宇宙風》編輯人員，對於刊物銷量應不致記錯。而那時銷行順暢的《良友》畫刊，據知也就是四萬份的印量。

由於刊物「不拘定裁」，作者都能按自己最拿手的方式說自己的話，遂使《宇宙風》愈益豐贍可讀。編者則在保證暢銷上做出了巨大努力：林、陶二人辦過多種刊物，在廣告與發行上自有一套，又能保證每期提前兩三天出刊（當時其他雜誌多做不到準時出版），作者稿費每千字五到十元（這在當時是高得驚人的），售價則盡可能限定在五分以下（對訂戶率先實現了這一低定價），這都促進了雜誌的正常運轉。在組稿上，編者更是煞費苦心。郭沫若是遭國民黨通緝的要犯，但〈宇宙風〉硬是做到讓他每期連載回憶文，先是〈海外十年〉，再是〈北伐途次〉，前半年只能用「鼎堂」的名字，半年後就改用了真名。老舍先是連載他的創作談〈老牛破車〉，一年後，自第二十五期至四十八期，逐期連載他的力作〈駱駝祥子〉，他在給編者的信裏說：「這是我的重頭戲，好比譚叫天唱〈定軍山〉……是給行家看的。」從他早先的迎合編者暨市場口味湊些浮薄的笑話，到現在鄭重地呈上自己最好的作品，這也是自《論語》到《宇宙風》的編輯方針演變的一個縮影。雖然這是散文刊物，但其實，小說、詩歌、批評、報告文學，只要真正好的，都可以登。第十四期上的〈請看今日之瀋陽〉，第十七期上的〈偽國通信〉，都如實地揭示了東北敵佔區的黑暗。魯迅逝世時，刊物發了蔡元培的〈記魯迅先生軼事〉等文。魯迅去世一周年時，又發了宋慶齡的〈促魯迅先生就醫信〉和許廣平的〈關於魯迅先生的病中日記和宋慶齡先生的來信〉（第五十期），這都是中國現代史上重要的文獻。而全國各地乃至歐美各國（包括法西斯控制下的柏林）的即時來稿，也為刊物大大增色。《宇宙風》每半年出一精裝合訂本（每冊定價一元五，預訂只售一元），一冊在手，堪稱精彩紛呈。

總之，林語堂終於找到了一條編輯高質量暢銷散文刊物的秘訣，那就是：讓作家面對自己，寫出各自最好的作品；讓編輯來統一調理、配製、吆喝……讓編輯面向市場。作家們直接與市場交往（就像《論語》時期那樣）對創作無益，而編輯則兼了半個經紀人角色。

後來中國文壇的雜誌和副刊，大多是按著林語堂摸索出的路子走的。

十二、京派散文：「即興」與「賦得」

林語堂在短短三四年間創辦了三本散文半月刊，有如春風野火席捲而過，文壇面目為之一變。當他舉家赴美之後，那長久的「餘震」仍在，留待人們慢慢清理。事實上，與他有關的爭論，在此間延續了六七十年，至今未絕。

他的影響，有負面的，也有正面的。「幽默」的譯名，就是他「發明」的；「性靈」一說雖非他提出，但因為他的提倡，也變得路人皆知了。以後，中國白話散文在表現幽默和「性靈」上的自覺，不能不說和他有極大的關係。他還促成了很多新的散文品種的成熟，比如，津津有味地描寫普通日常生活，表現某種個人心態的文章，就在他的推動下蓬勃發展起來了。這樣的內容，在「五四」後的新小說中，所在多有，但在白話散文裏並不流行。知堂小品雖然也寫普通的生活趣味，但那總是內含著一層高雅的書卷氣，讓人感到是大知識份子在玩味日常細節，在關注民俗和今古名物，與普通人對自己生活和心情的剖白終究是不同的。自《論語》和《人間世》一出，如林語堂〈我的戒煙〉（《論語》六期）、黃胡〈我的鬍子〉（《論語》四十五期）、吳伯簫〈山屋〉（《人間世》十期）、李金髮〈試獵記〉（《人間世》三十期）這一類文章，便很快成為新散文的重要題材。這都是理直氣壯地表現個人的心境和經歷的，一點不覺得自己身上的這點素材和感覺會比古人或聖人差到哪裡去，雖然這些文章也很知識份子氣，卻在實際上使白話散文更加平民化了。這類題材當然脫不開「閒適」二字，但總的看，它們還是健康、平實、自然，並不忸怩作態的。

可是，有兩類文章，恰恰不是林語堂促成的；或者說，雖然他在這兩類上下了最大的工夫，最終還是無功而返。我指的是——第一流的幽默散文，還有真正淡雅的人生小品。

這樣說，會讓人覺得對語堂先生不公，與我的上文也似自相矛盾。

且容我慢慢道來。

我先以錢鍾書先生為例。

在林語堂一味提倡幽默的《論語》時期，我們沒有看到錢鍾書的投稿。在《人間世》上，卻看到了他的兩篇文章。第一篇比較早，是應《人間世》關於讀書的徵稿而寫，發在第十九期上，時間是一九三五年一月五日。文章很短，我們全文抄在這裏：

〈馬克斯傳〉

書看得太少了；又趕不上這個善產的時代，一九三四年大作早已上市，自己還在看一九三三甚至一三九三的東西。只記得幾天前看到一本馬克斯傳（E.F.Carr：Karl Marx,A Study in

Fanaticism,Dent & Son），頗有興味，倒確是今年出版的。妙在不是一本拍馬的書，寫他不通世故，善於得罪朋友，孩子氣十足，絕不像我們理想中的大鬍子。又分析他思想包含英法德成分為多，絕無猶太臭味，極為新穎。似乎值得介紹給幾個好朋友看。便以此作答，何如。

P.S.頃又把來信細讀，乃知看錯題目，並不限於一九三四年出版的書。寬題窄做，悔之無及；懶得重寫，由它去！

這篇文章，和作者此前所寫的「新月書評」或發在《大公報》上的短文，頗不一樣。雖然都是談書的，雖然他一下筆總有一種機智調侃的意味，但他此前此後的文章（甚至只是一些即興的答問）都要顯得更厚實些，總有一點耐得咀嚼的、屬於他的獨特的觀感或發現，而玩笑的成分也更為內在——是要讓你從他的文字中品味出來的——很少直接製造玩笑的氛圍。所以這篇短文，就其文風來看，是介乎於錢鍾書與《論語》時期老舍的那些調侃文章之間的。我想，這分明是受了《論語》風格的牽引和影響。儘管這時約稿的是《人間世》而非《論語》，但《論語》仍打著林語堂的旗號，而《人間世》當時在外界看來也只是《論語》的另一分店，所以，錢鍾書也就以那種「林式幽默」，將文章一揮而就，寄去了。此文的開頭和結尾，尤有「論語」味。而他大約猜測林語堂讀此文會大生知己之感吧，所以中間還忍不住問一句：「便以此作答，何如。」

但這對於錢鍾書，恐怕也是一時之興，以後像這樣的文章，就很難找到了。同時，《人間世》與《論語》在風格上的區別，也漸漸顯露出來。五個月後，錢鍾書又為《人間世》寫過一篇談書的短文（載《人間世》二十九期，一九三五年六月五日出刊），那就是後來很出名的〈不夠知己〉，是評溫源寧那本膾炙人口的英文書的。此文又恢復了從前「新月書評」的那種學術趣味，以自己尖新獨到的觀感取勝，如說溫源寧的文風：「輕快、甘脆、尖刻，漂亮中帶些頑皮，這許多都使我們想起夏士烈德（Hazlitt）的作風。」同時，又在精準的充滿學術創見的比喻中不斷透出他那「錢式幽默」，如仍說溫氏與夏氏的異同：「此外，在風格上還有一種極微妙的相似，好比父子兄弟間面貌的類似，看得出，說不出，看得出，指不出，在若即若離之際，表現出他們彼此的關係。當然，夏士烈德的火氣比溫先生來得大；但是溫先生的『肌理』……似乎也不如夏士烈德來得稠密。」此文不過千字上下，而此類精彩之處比比皆是。將這一篇與上一篇比一比，我想，那是高下立判的。

我要說的是：林語堂號召幽默，大辦幽默雜誌，並自己身體力行，這的確激發了很多人身上的幽默細胞，推出了一批幽默作品，也促成了一些幽默作家的成長；但我們回過頭看，在整個現代散文的長河中，能稱為「幽默大師」的，有哪幾位？他們和林語堂的推動，又有多少關係？如果我們不在諷刺與幽默間劃一道鴻溝的話，那麼，我以為，真正第一位的幽默家，其實還是魯迅。隨後輪得上的，一個是錢鍾書，另一個是梁實秋；他們即使不在林語堂之前，至少也不會排在他之後。其他如老舍等「論語派」大將，恐怕都只能朝後排了。可是，即使是內心確有巨大的幽默潛質者（不然日後不可能成為這方面的大家），也未必會被外界轟轟烈烈的幽默氣氛所吸引，他們畢生的最佳創作也並不是這種氛圍所促成的。這就很發人深思了。錢鍾書和梁實秋，幾乎就沒有給《論語》寫過幽默作品（梁實秋有極少量文章發在《論語》，但影響不大）。錢鍾書很可能是受了《論語》風格的吸引，寫出了〈馬克斯傳〉，但在他的作品系列中，這至多是「僅得其中」的。老舍倒是積極投合《論語》風格，寫了大量幽默散文，但其中很多恐怕只能「得乎其下」。梁實秋沒有被吸引，也沒受影響，那時他常熱衷於嚴肅的文藝批評與論戰，他的「幽默細胞」是在林語堂去國四年之後，於一九四〇年的戰時重慶，在他居住的「雅舍」，被忽然啟動的，此後便一發而不可收，他的《雅舍小品》成了現代散文史上誰也無法忽略的瑰寶。

這說明什麼呢？我想至少說明：編輯和雜誌（當然還有理論批評，還有評獎，還有職稱的誘惑，等等）雖然能夠促進和推動創作，但真正第一流的作家的最好的作品，卻是不可能被推動並推出的——那是必須自然生成，必得水到渠成的。

與幽默散文一樣，真正第一流的雅淡的小品，哪裡又是《人間世》那樣的小品文刊物扶植起來的呢？不必說周作人以及他的弟子們，就說豐子愷吧，雖然他在《人間世》上發過不少作品，但他的風格，並不是為迎合或適應刊物的需要而形成的，在此之前他就這麼寫，刊物停掉了，他還是那麼寫。真正第一流的作家和作品總有其出現和存在的深層理由，他們（及它們）可以被很容易地扼殺，但卻沒有辦法人為地製造，甚至也很難被促成。魯迅的〈阿Q正傳〉是被一臉笑嘻嘻的孫伏園催出來的，但孫編輯只是催稿，關於小說的內容和風格，他可從來沒有施加過任何影響。能夠推動和製造的，至多只是第二、第三流的作品。這是合乎文學創作規律的。其奧妙，就在於本文文題所示的「即興」與「賦得」。

賦得，是「八股」時代的常用語。因科舉考試要從《四書》中摘取成句作為文題，而題目又是人為分配的。自古以來，凡摘取古人成句為題的詩，都要冠以「賦得」（如白居易的「離離原上草」詩即名為〈賦得古原草送別〉），詩人雅集的「分題」作詩也稱賦得。即興與賦得的區別，就在於前者是由於內在的衝動而創作，而後者只是外來的創作任務。即興是因文為題，賦得則是因題為文。後者往往能顯示才華，但很難顯示作者的全部才華，更難以有第一流作品所必須具備的獨特而充沛的真生命。編輯的號召，刊物的需要，市場的誘引，所有這一切，在一定程度上，都是一種變相的「賦得」或「分題」，除非有極偶然的兩廂契合，一般說來，這對創作者都意味著某種藝術個性上的犧牲。既然第一流的作品被扼殺是那樣容易而產生又是那樣艱難，它又怎能容忍哪怕一丁點兒的犧牲呢？

讓我們再說幾句錢鍾書和梁實秋。

錢鍾書的幽默除了他的小說《圍城》而外，更多地體現在他談學問的文章中，這是學人的幽默，是他性格和才華最自由最愉悅的體現。其表現方式，除了那種頑童般的調皮的論述口吻（有時也夾以正話反說和反話正說），主要靠的是令人意想不到的觀點和材料的巧妙對接，以及一些奇妙絕倫的比喻——而這類比喻總是有著異常扎實的學問功底，在讓你發笑的同時每每闡明一些令人百思不解的難題，所以在笑的同時你會越發感到這闡釋的深刻。比如，《舊文四篇》中有這樣幾句：

……詩文裏數目字有「實數」和「虛數」之分。這個重要的修辭方法可以推廣到數目以外去，譬如顏色字。……詩文裏的顏色字也有「虛」、「實」之分，用字就像用兵那樣，「虛虛實實」。蘇軾詠牡丹名句：「一朵妖紅翠欲流」；明說是「紅」，哪能又說「翠」呢？不就像笑話詩所謂「一樹黃梅個個青」（咄咄夫《增補一夕話》卷六）麼？原來「翠」不是真指顏色而言，「乃鮮明貌，非色也」。（〈讀《拉奧孔》〉）

又如：

一個社會、一個時代各有語言天地，各行各業以至一家一戶也都有自己的語言田地。譬如鄉親敘舊、老友談往、兩口子講體己、同業公議、專家討論等等，圈外人或門外漢聽來，往往不甚了了。緣故是在這種談話裏，不僅有術語、私房話以至「黑話」，而且由於同夥們相知深切，還隱伏著許多中世紀經院邏輯所謂彼此不言而喻的「假定」（suppositio），外人難於意會。釋袾弘《竹窗隨筆》論禪宗問答：「譬之二同邑人，千里久別，忽然邂逅，相對作鄉語隱語，旁人聽之，無義無味。」（〈中國詩與中國畫〉）

這種淡淡的、在論學中自然流露的幽默，比之於《論語》上那些急欲引人發笑的硬幽默，真不知要好上多少倍。

梁實秋的幽默大多集中在《雅舍小品》以及它的各種續編中。他擅長於用一種自嘲而略帶誇張的口吻，描述尷尬的人生境遇，苦中取樂，以笑解憂。他的表現對象是日常的人生，是普通人際關係，這與錢鍾書的論學是大異其趣的。據說他當時與一位年輕女部下龔業雅等借住於同一茅舍，「雅舍」之名就因龔業雅而起。他寫《雅舍小品》，讓龔笑得前仰後合，龔是他的第一讀者，也每每催他再往下寫。有一種說法，是梁實秋很喜歡這位女同事，總想寫了讓她高興；後梁夫人從北平逃來四川，此事遂寢。這些往事現已無從考核，但上世紀四十年代末《雅舍小品》結集出版時，的確破例請龔業雅寫過一序。這批散文作品的「談話」對象之不同於錢鍾書，卻是可以肯定的。

在他開筆第一篇的〈雅舍〉中，有這樣的描述：

「雅舍」最宜月夜——地勢較高，得月較先。看山頭吐月，紅盤乍湧，一霎間，清光四射，天空皎潔，四野無聲，微聞犬吠，坐客無不悄然！……細雨濛濛之際，「雅舍」亦復有趣。

推窗展望，儼然米氏章法，若雲若霧，一片彌漫。但若大雨滂沱，我就又惶悚不安了，屋頂濕印到處都有，初如碗大，俄而擴大如盆，繼則滴水乃不絕，終而屋頂灰泥突然崩裂，如奇葩初綻，砉然一聲而泥水下注，此刻滿室狼藉，搶救無及。此種經驗，已數見不鮮。

這段文字，有開有闔，更兼欲抑先揚，結構上十分講究，但更出彩的，還是對於戰時艱難的人生經驗，用一種無可奈何的誇張來表現，口氣上又能不動聲色，平穩收煞。對於有相同經驗的人，由這種文字而獲得的感應和趣味是不難想見的；即使沒有同類經驗，讀來也會忍俊不禁。所以，冰心稱讚他的小品是「信手拈來，諧而不俗」。余光中也說他的散文特色，「首先是機智閃爍，諧趣迭生，時或滑稽突梯，卻能適可而止，不墮俗趣。」朱光潛當年讀了他的幾篇小品後，馬上從成都寫信來說：「大作《雅舍小品》對於文學的貢獻在翻譯莎士比亞的工作之上。」

這樣高質量而又成批量的幽默散文創作，不正是當年林語堂苦求之而不得的嗎？

我曾在〈文學市場與幽默實驗〉中說過：「後來的事實證明，在諷刺家與『禮拜六』之間，還是可以有既不與黑暗社會妥協也不與陳腐傳統合作的『幽默家』的存在」。我所指的，就是錢鍾書和梁實秋。當他們的文章在現代文壇立足之後，這個問題便不再是問題了。

錢鍾書、梁實秋、朱光潛，還有周作人和他的弟子們，當時都被統稱為「京派作家」。誠如錢谷融先生在《京派文人：學院派的風采》一書的序中所說：「……他們都在高等學校任教，是所謂的學院中人，知識、文化素養較高，懂得做一個人有他應守的信念和應盡的責任。而他們的收入也較豐，生活比較優裕，不必為柴米油鹽等衣食問題煩心，可以集中精力搞他們的專業。還有十分重要的一點是他們都很熱愛自己的專業，他們進行學術研究和文藝創作，不但因為這就是他們的工作，他們的職業，而且同時也是他們的情志所寄，興趣所托，也是他們這些人安身立命之本。」正是由於這些原因，當初林語堂在上海創辦消費性的散文半月刊，讓白話散文這一真正的「純文學」與市場接軌，京派作家們對此是抱持著相當的警覺的。就在《論語》創辦的一九三二年，錢鍾書未給它寫稿，卻為《大公報》和《新月月刊》寫了不少精美的短文，這也很說明問題。一九三五年八月，正當《論語》、《人間世》在上海甚為行銷的時候，京派作家中的另一代表性人物，時正主持《大公報．文藝》副刊的沈從文，在自己編的報紙上發表了一篇很引人注目的〈談談上海的刊物〉，他直言道：「至於《論語》，編者的努力，似乎只在給讀者以幽默，作者隨時打趣，讀者卻用遊戲心情去看它。它的目的在給人幽默，相去一間就是惡趣。」朱光潛則說得更直白：「濫調的小品文和低級的幽默合在一起，你想世間有比這更壞的東西麼？」（〈論小品文〉，一九三六年一月）可見，一般而言，京派作家，以及他們的京派散文，都很注重「即興」，而比較自覺地排斥「賦得」的傾向。

然而，到了戰時的大西南（三十年代後期，京派作家中的絕大部分都隨高校一同南下了），情況發生了變化，至少，收入較豐、生活優裕、不必為柴米油鹽煩心這幾項，已不復存在。作家們的創作也發生了不同的變化。這裏我想舉出一部現代散文中我一直很不喜歡的名著，即王了一先生（亦即語言學大家王力）的《龍蟲並雕齋瑣語》。此書在文學史上的地位不低，我看近期出版的《中國現代散文史》，就是把它和錢鍾書、梁實秋的散文並提的；上世紀九十年代，還曾出版過《王力幽默散文賞析》這樣的研究著作（灕江出版社）。的確，它與《雅舍小品》頗有幾分形似（其實創作之初就是受到梁實秋影響的），然而細讀下來，卻不難發現，作者是「因題為文」，是想出了一個題目，或羅列出一串題目後，再一個一個往下寫的。在固定的題目下面，他再憑原有記憶或重新動手找材料，因為是已有相當閱歷的名教授，知識面比較廣，所以找一些有知識含量或一定情感含量的材料並不難。可是讀下來，總有一點「聽課」的感覺，雖或是那種「很能聊」的課，但畢竟大不同於創作者「不得不寫」的充滿情趣的散文。作者的題目相當整齊，如〈清苦〉、〈著名〉、〈忙〉、〈窮〉、〈富〉、〈領薪水〉、〈寫文章〉、〈賣文章〉，又如〈閒〉、〈燈〉、〈虱〉、〈衣〉、〈食〉、〈住〉、〈行〉，再如〈跳舞〉、〈看戲〉、〈寄信〉、〈開會〉，等等。我相信，以他的見識和筆力，這樣的題材是可以不斷擴展下去的，一般都能做到可讀並具有一定價值，但這終究不是散文的正路。這也是一種「賦得」，是自己給自己「分題」。

幸好作者極端誠實，他在〈《生活導報》和我〉一文中寫道：

我開始寫小品的時候，完全是為了幾文稿費。在這文章不值錢的時代（依物價三百倍計算，我們的稿費應該是每千字一千五百元），只有多產才不吃虧。正經的文章不能多產，能多產就只好胡說。同是我這一個人，要我寫正經的文章就為了推敲一字嘔出心肝，若寫些所謂小品，我卻是日試萬言，倚馬可待。想到就寫，寫了就算了，等到了印出來之後，自己看看，竟又不知所云！有時候，好像是洋裝書給我一點煙士披里純（即靈感），我也就歐化幾句；有時候，又好像是線裝書喚起我少年時代的《幼學瓊林》和《龍文鞭影》的回憶，我也就來幾句四六，掉一掉書袋。……我們也承認，現在有些只談風月的文章實在是無聊。但是，我們似乎也應該想一想，有時候是怎樣一個環境逼迫著他們談風月。

環境的確是一個嚴峻的問題，但無論如何，這樣的寫作法，總是不足為訓的。誰也不能因為自己是學者，有了一些學問，就緣題作文，一路鋪陳現成的知識，而美其名曰「學者散文」。但可悲的是，後來的有些「學者散文」，恰恰正是這樣的作品。

這就要說到上世紀九十年代曾風行一時的「文化大散文」了。「大散文」因余秋雨的《文化苦旅》而家喻戶曉，這與當年《論語》面世時那「轟的一聲」，頗有相似之妙。儘管余秋雨受到了很多批評，他的文章也有缺點，但他對當代散文發展的貢獻，卻是不應抹殺的。他的《文化苦旅》會有那麼大的影響，正是因為他衝破了固有的、已經沒有多少生命力的「抒情散文」的陳套。他的筆下既有掌故史料，又有個人見識，同時又有豐富的旅行見聞和華美的文詞；當然，他也說了很多生動乃至誇張的故事，有不少帶有煽情性質的高調的抒發——也許正是後面兩點，使他的作品吸引了大量中學生讀者。但我們冷靜地分析一下，就會發現，《文化苦旅》的真正特色所在，恰恰還是「以見識取勝」——那時他對許多問題畢竟有著獨到的見解，也有很強的表達慾望。

可是，這種後來被稱為「大散文」的形式，並不是余秋雨的發明，在他之前，已有許多很成功的作品了，比如，黃裳先生的《榆下說書》裏，就有一些篇幅很長，題目很大，既有掌故史料，又有個人見識的充滿「餘情」的好文章，如〈關於柳如是〉、〈晚明的版畫〉等，就是很典型的「大散文」。而真正開創了大散文形式的，我認為，是上世紀八十年代初出版的李澤厚的《美的歷程》。這是一部長篇「論文」，但它有文采，有詩意，有「餘情」，是完全可以作為散文來讀的，其生命力決不低於《文化苦旅》；它研究的是中國審美趣味史，其獨創性和學術含量，也非《文化苦旅》所可比肩。

廣義地說，《美的歷程》、《舊文四篇》、《雅舍小品》，都是上好的「即興」的散文：李澤厚是要表述自己久積於心的研究成果（他的研究過程充滿豐沛的感性），錢鍾書是在談論學問時難抑自己調皮的本性和越湧越多的奇妙的發現，梁實秋則是希望自己在艱難時世中以自嘲解憂愁的體驗能讓同命運的異性分享（我們姑且相信那美麗的「八卦」吧）。同理，在《文化苦旅》及其續編《山居筆記》中，「即興」的成分也還是比較大的，雖然它的題目已越來越整齊，「漢大賦」的意味也越來越濃了；而再往後的專欄文字，就出現了明顯的「賦得」痕跡，讀者的喜愛程度也漸漸走了下坡路。

真正可怕的是那些「大散文」的仿作，一時間，各個出版社都出大散文，各個刊物也都爭著約寫，上世紀九十年代的中期，中國文壇幾乎成了大散文的天下。雖然其中也有較好的作品，但模式化的傾向已經形成。在讀了一篇名為〈廁所筆記〉的「大散文」後，我實在忍無可忍，曾以〈隨筆對瞎聊〉為題批評道：現在彷彿有了一種瞎聊的新模式，找一個題目作箭靶，將凡與這個題目有關的話頭統統堆上去，就成了大散文；這樣的文章無異於開展銷會，今天展銷帽子，就把古今中外的帽子拿來炫示一番，明天展銷襪子，又將天南地北的襪子搬來鋪了一地；作者既不是生產者，更不是設計者，不過是個搬搬擺擺的中間人，從中抽點轉手費而已。——白話散文發展到這一步，真可以說是走上了末路；雖然，那時正是散文書刊少有的暢銷時期。

仔細推究一下，在王力先生的「龍蟲並雕齋」，其實已有「展銷會」的雛形了。

十三、女性散文，及散文之大小專雜

本書「下編」也已寫到第五篇，前文提出的問題和懸念大多已經解開；惟第九章中的一個問題還未作正面回答，即：現在報上的「週末」版，與當年的林語堂，與再早些的「禮拜六」，究竟有沒有關係？

我想，對此還是應作具體分析。報紙的「週末」版，其實有過幾個不同的發展階段。晚報、小報上的娛樂版，專談花鳥蟲魚的版面等，以及一些文化消遣類的刊物，那是自上世紀八十年代初就已有了，且很受讀者歡迎。大報、日報上的週末版，則大抵要在上世紀九十年代初才大量出現，這些版面不同於《人民日報》的「大地」、《文匯報》的「筆會」、《羊城晚報》的「花地」等傳統副刊，而偏重於生活類、消費類、娛樂類，所以它們大多被稱為專刊而不是副刊。一開始，有些週末版還是編得很認真，或者說很拘謹的，這可能和大報近幾十年的編輯傳統有關。還有些週末版甚至相當嚴肅，如《南方週末》雖是一份報紙而不只是一個版面，但它正能代表「週末」中的嚴肅傾向。週末版之遠離文學性，出現明顯的消費化傾向，與各地都市報的誕生恐怕有很大關係。這些都市報是直接市場化的產物，以零售為主，版面多而編輯人員少，其成員大多年輕，工作效率很高，常常一人一周要編好幾個版。於是，許多「週末」也就「蘿蔔快了不洗泥」，題目很搶眼球而文字相當粗疏，層層相因和照搬照抄的內容也越來越多，像孫犁那樣的老作家看了當然就大表不滿了。這樣一些報紙文字，與當年「禮拜六」派的副刊文章相比，既有同又有不同。同的是都面向市場，都想吸引讀者，文字和題材偏於軟性。不同的是當年的讀者圈子有限，主要是小姐太太以及有閒的市民，再加上上班族們的工餘閒讀，當時又沒有電視，所以看文章還是很仔細的，副刊文字因此也必得老到而講究；現在的讀者則更為駁雜，也更其匆忙，往往只翻看題目而不細品文字，所以文章質量有時就更差，雖然題材的面要廣得多，信息量也大得多，不再局限於卿卿我我的愛情故事了。

至於林語堂，他對於後來的「週末」的影響，主要就是《論語》時期的「幽默實驗」和他所推動的那種「津津有味地描寫普通日常生活，表現某種個人心態的文章」——我把後者稱為「生活類散文」。週末版上常有作者（通常是已有了點名氣的作家）用幽默的口氣說些平凡的小事，盡可能地顯示自己與眾不同的機智（甚至一篇短短的作者簡介也要竭力幽默一通），這和《論語》上有些硬作幽默狀的文章很接近，但讀者往往並不領情，看多了以後尤其不喜歡，所以這類幽默風氣時行了一陣，漸漸也就不流行了。而生活散文則曾經是週末版的主打內容，只是後來市場化越來越明顯，許多報紙變成只以標題和圖片取勝，以快速流覽為宗旨了，以至於有些版面竟連一篇像樣的文章都找不到，到這時，生活散文也就只好悄然告退了。

本文想著重談談這些生活類的散文，談談我在編生活散文時的思考和發現。而這類散文的作者常以女性占優，所以也就牽扯出了女性散文的話題。上世紀九十年代中期關於「小女人散文」的爭論，其實也是從這兒延伸出去的。對此，我正好有點發言權。

本書前幾章在《上海文學》陸續發表後，遠在澳洲的郜元寶教授曾來信說，我的許多心得，並不都是研究的產物，它們和我的編輯經歷可能也有關係。這真是一針見血。本文所談的生活類散文，正好進一步印證了他的這一判斷。一九八九年末，我所在的《文匯月刊》停刊，不久以後，我和我的同事在《文匯報》開闢了一個新的版面——「生活」，每週二出刊，一大版，近萬字的篇幅（編輯共三人，另兩位是羅達成和胡國萍，羅為主編）。我們一開始就明確了散文形式和記實內容，題材則圍繞日常生活和個人經歷的方方面面。這在現在看來不足為奇，在九十年代初，至少對我們這些《文匯月刊》的編輯來說，卻是一個不小的「創新」。一開始先向我們熟悉的名家們組稿，不料版面推出後，大量來稿很快就湧到了編輯部，來稿中往往有質量很高文字很好的精品，令人興奮不已。這個版面迅速成為報紙的亮點，有好幾個讀者在來信中說，現在老是盼著星期二的到來，因為在那一天能看到滿滿一整版的「生活」。還有人告訴我們，他們單位每週二的報紙老是被人抽走，就是因為那天有「生活」版。現在回想那時的盛況，真是讓人感慨。記得版面創辦一年後，在一個小範圍的總結會上，老總編馬達——一個令人尊敬的老新聞工作者——思索地說：「現在我們報上有不少精彩的版面，是《文匯月刊》的資源和能量轉移到報紙上的結果；但『生活』版是個特例，《文匯月刊》上沒有這個內容——這是新的東西。我覺得，這和從前林語堂編的《人間世》，有點像。」

這是我第一次聽到將生活類散文與《人間世》聯繫在一起，當時十分震驚。沒有幾年時間，我親身經歷了「生活」版的「從中興到沒落」，此中所反映的散文創作的隱秘規律，更讓我震驚不已。

現在看來，一九九〇年，確是一個特殊的年份。如不是親歷，大約很難想像那時的氣氛。大學校園裏，潘美辰那首很平常的流行歌〈我想有個家〉，居然深入人心，風靡一時。許多狂飆突進的年輕學人，開始沉浸到關於本民族的文化源頭的學術探討中去了。街上有行人穿起所謂「文化衫」，背後公然寫著：「別理我，煩」。就是在這時，我們創辦的小小的「生活」版吸引了成千上萬的讀者，因為人的枯渴的心需要滋潤和溫暖，也因它那清雅平易的文風太不同於人們已然厭倦的激烈的話語和調門，還因為多少年來在中國文學中已經沒有了痛痛快快敘說家常生活和純個人心境的園地。因陌生而新鮮，又因這似生還熟的生活散文極易撥動每個人的心弦——不管是普通的家庭主婦還是高雅的學者名流，都有這心靈相通之處——於是便真的有點洛陽紙貴了。

那時「生活」版的作者，可以說是兩極交融：既有層次很高的名家，也有初次投稿的新手。老詩人曾卓、老散文家郭風、文藝評論家潔泯等文壇前輩，都是我們積極的作者，當時正處於創作高峰期的陳祖芬、王安憶、劉心武、舒婷、蕭復興、趙長天、趙麗宏、陳丹燕、秦文君、周國平……

更是不斷把好稿賜給我們。記得趙長天最早寫來的是一篇〈牙祭〉，創刊不久就發表了，一發表就有了「轟動效應」，一時間生人熟人，到處都在談論他這篇短文，這又促成他寫了續篇，效果更佳。文章寫的是人到中年，牙齒脫落，安裝假牙過程中的心理變化，他以自嘲的口吻寫盡人生的無奈和尷尬，讀來忍俊不禁，笑不可仰。我覺得這樣的文章真是可遇而不可求，它不似當年《論語》的硬求幽默，而更像寫得最順手時的梁實秋。我們彷彿在忽然間發現了趙長天的幽默才華，隨後便老是盯著他再寫幽默文章。而極可發人深思的是，這麼多年過去了，他的更幽默的或同樣幽默的文章，我終於沒再見到。

當時，那些名不見經傳的新手的來稿，往往並不比名家們差，甚至時有過之。創刊之初，我們就收到一個北京女孩的來稿，用的是筆名「曉木」，真名則至今還是一個謎。文章題為〈我的一場夢〉，寫她十九歲上大學時，喜歡一個年輕的高數老師的課，後來因為幾句偶然的對話，那老師的笑容印在腦子裏怎麼也抹不去了，這笑容成為一個秘密，每天要到晚上睡覺時才肯去欣賞、回味；可是，再後來，一聽到他的名字就緊張，一看到他就顯得不自在，半年間，「有時像鳥一樣嘰嘰喳喳，有時又像炎夏的葉子，蔫蔫的，心裏滿是他的影子」；半年以後，和幾個同學去他的宿舍玩，看到了他的結婚照，「說來也怪，就像當初那麼突然地一振，我的心也隨之釋然，好多好多的感覺，竟在這一瞬消失了。」以後她就恢復了與老師的正常的交往。她覺得自己真是做了一場夢。這篇文章讀得人心酸，作者對初戀心理的描摹極為真切傳神。這樣的作品，肯定和趙長天的〈牙祭〉

一樣，是真實而刻骨的人生經歷的賜予。文章發表後，引來了一大批回憶自己初戀的作品，我們還在版面上設了「我的初戀」的專欄，這當然是後話了。

我想說的是，在早期的「生活」版上發表的那些令人心動的作品，無論是名家寫的，還是像曉木那樣傾訴一個普通人的真實經歷的，都具有「純文學」的性質。所謂純文學，其實也可以改稱為「真文學」，其要義並不在於出身的高貴（比如出自名家手筆，或一定要有長期正規的文學訓練），而更在於有無真情實感，即有無文學的「真生命」；當然，同時，純文學還須有一定的「先鋒性」，但這先鋒性也並非專指形式上的新異，而毋寧用一句老話來概括，即：「人人心中所有，人人筆下所無」。關於散文的純文學性，以後還會說到，此處先放下不表。

且說「生活」版自開局順利以後，我們便按著既定路子走下去，各地的來稿越來越多，耳畔的好話亦復不少，同業間模仿的版面也不斷出現，生活類散文已不再是稀有品種。我們只管輕車熟路，並不把同行的競爭放在眼裏。大約辦到第三年還是第四年，在一次上海作者的座談會上，有點像曉木當初看到老師的結婚照吧，我們在突然之間，被一句話震醒了。

那是作家王小鷹的話。王小鷹也是我們的重要作者，她不僅自己寫稿，還動員她的丈夫王毅捷教授給我們寫來了上好的美文。在創刊初期，她也曾屢屢給我們以鼓勵（記得最早盛讚趙長天〈牙祭〉的就有她）。可是在那天的會上，她一如過去般心直口快地說：「不知你們發現沒有，我忽然覺得，『生活』版怎麼不好看了？」這話說得人心頭一涼。仔細想想，果真是！現在編版，已經沒有了過去那樣的興奮，儘管來稿還是那麼多，一篇篇文章看上去並不比開始時差。這到底是為什麼呢？

以後，我們也想了很多辦法，比如搞起了一些徵文，在散文中又穿插了短報告文學等品種，但畢竟有江河日下的感覺，創刊時的風光和每天都有的驚喜，的確已經不再。一個老記者告訴我們，一個版面辦了幾年，很容易「老化」。這話是有道理的。但為什麼「老化」得那麼快呢？——我們那時還不明白，有一隻看不見的手在悄悄地操縱著這一切，這就是散文創作的隱秘規律。

有一些東西可以好好總結。比如，創刊之際，初無定質，來稿是各各不一的，為了後續的組稿的方便，我們根據比較滿意的稿子的特點，設立了一連串的欄目，其中有「尋常人家」、「哀樂中年」、「兩人世界」、「名人軼事」、「獨身女子」、「逝去的歲月」、「我的初戀」、「都市舊聞」、「校園風景線」……以後，來稿就開始集中在既有欄目的範圍裏了，一時間當然是琳琅滿目，但天長日久，也加快了版面的老化。現在想來，從純文學到非純文學，那轉化其實是很容易的。純文學一如脆弱的細瓷器，她的真情實感與獨創性（即先鋒性），經不起仿製的衝擊，即如曉木的〈我的一場夢〉，當時看得人無不動容，但這本是「人人心中所有」的情結，隨後這裏出現一篇〈你的一場夢〉，那裏再來一篇〈她的另一場夢〉，那種新鮮的悚然惕然的審美體驗，很快就沖淡了。三四年間，「生活」版上的作品已悄悄出現了自我重複，而我們竟渾然不覺。

但這還不是全部原因，很關鍵的一點是外部環境也在變。變化之一，是人心已不像先前那麼消沉，街上穿「別理我，煩」的人已經一個也看不見了，市場經濟展露了新的端倪，許多人已開始整裝衝刺；而「生活」版仍在那裏靜靜地溫潤著，雖然安靜和溫潤永遠是需要的，但這畢竟不能更完整地契合當下的人心（它能比較完整地契合幾年前的人心），我們則未有更新銳的內容增補其間。變化之二，是報紙的環境也已大變，我們的「生活」版不再是唯一的了，幾乎所有的報紙都有了相應的版面，大家都在發類似於「兩人世界」、「獨身女子」、「我的初戀」的文章，有的發得更密集乃至更刺激，讀我們的文章已經沒有新奇感了。

到這時，我們版面上的文章還是「純文學」嗎？不是了。雖然還是相似的文章，性質已經不一樣了。

這時，我們的一些很活躍的作者（基本是女作者），如黃茵、黃愛東西、周小婭等，在不少報刊上發表文章，並迅速走紅。同時又湧現出更多的女作者，在許多報紙上設立了個人的專欄。出版社也快速跟上，紛紛為她們編散文集出版。短短兩三年裏，僅某一家出版社就為黃愛東西、黃茵、素素等各出了兩三本集子（同時還出了周小婭、張梅、石娃、沫沫等十幾位女作者的專集）。評論家們也開始介入，稱她們的作品為「小女人散文」。一時間，「小女人散文」成了市場上熱銷的品種，也成了批評界熱議的話題。

這是一九九五年的事。「小女人散文」是繼現代名家散文熱銷潮（自一九九一年始）、「文化大散文」熱銷潮（自一九九三年始）後的第三次熱銷潮。當時，我們的「生活」版已感到深重的危機，敏感的純文學作家們已不願再置身這樣的散文創作中了，市場則全然不顧這些。此正所謂：「遊人不管春將老，來往亭前踏落花。」可見市場與文學走的不是一條路子。這樣的熱銷又延續了兩三年（散文的市場熱銷期大都是這樣的長度），到九十年代後期，就大抵銷聲匿跡。此後，這些「小女人散文」的作者，就不大被人提起了。市場有它更殘酷的規律。

當時，有些年輕的批評家對「小女人散文」作了很嚴峻的抨擊，我曾撰文為之辯護。我指出，對「小女人散文」乃至整個生活類散文，都不宜作整體的排斥，而應持寬容的、多樣並存的原則，同時還應作具體分析，比如人們談論最多的廣州二黃（黃茵和黃愛東西）的作品，其實就是很不一樣的。我特地舉黃茵的例子，說她的有些最好的作品是滲透著自己的人生苦汁的，如〈如寄〉、〈萍水之交〉、〈方寸之間〉等，我以為確屬「女性散文」的極致。今天，離我當初寫那篇文章已經十幾年了，再把黃茵的這幾個短章拿出來重讀，我還是能感受到其中的美和真誠，仍覺得將其置於純文學中決不會遜色。可我也不得不承認，因為要大量寫作，要寫得合乎編者和讀者的口味（即寫得「小女人」化），她的集子中的大部分作品，還是漸漸地寡淡無味起來了。這正如我們「生活」版編到後來的那份無奈。

在人們爭論不休的時候，舒蕪先生寫了一篇極為出彩的短文，題目是〈也該有「大女人散文」〉（已收入他的集子《未免有情》）。他指出：「今天的中國婦女裏面，有一群幸福的『小女人』出現，這是好事。……但是，此外大多數婦女，還是生活在困惱、貧窮、愚昧乃至血淚之中，能夠時時替她們想想的，就是『大女人』。」他借用了周作人翻譯與謝野晶子夫人的《貞操論》前記中的話，說與謝野夫人「是現今日本第一女流批評家，極進步，極自由，極真實，極平正的大婦人」。此文提出了一個全新的思路，那就是：不排斥原有的品種，而提倡更新的品種，其結果，也就是使女性散文走向多樣。——不知作者是有意還是無意，我以為，事實上，他已經接觸到了問題的核心，那就是本文所要探討的散文創作的隱秘規律，也就是散文創作的「專」與「雜」。

由「大小」之爭引出了「專雜」之辨，這或許得費很多筆墨才說得清。我想，乾脆再宕開一筆吧，且看看現代文學史上一些重要的女性散文，略作比照，就很容易說明白了。

一九三三年初，上海光華書局出版了一本《當代中國女作家論》。編者黃人影，是作家阿英的筆名。書中論及了冰心、丁玲、白薇、謝冰瑩、馮沅君、蘇雪林、廬隱、陳衡哲和凌叔華，共九位女作家，都是三十年代的文壇名人。全書含長短文章二十一篇，談冰心一人的就占了七篇，此亦可見她在當時女性文學中的地位。有趣的是，阿英一人的文章也占了三分之一，分別署名錢杏邨或方英。書前第一篇是總論性質的〈幾位當代中國女小說家〉，長達三十七頁，署名毅真，從文筆和觀點看，分明也是阿英的文章。這篇總論將當時的女作家分為三類：一、閨秀派作家：冰心和綠漪女士（即蘇雪林）；二、新閨秀派作家：凌叔華；三、新女性派作家：馮沅君和丁玲。他是這樣概述閨秀派的：

閨秀派的作家寫愛是在禮教的範圍之內來寫愛。無論她們的心兒飛到天之涯也好，跑到海之角也好，她們所寫的作品總是不出禮教的範圍的。所以這派的作家在未出嫁之前，其作品中之愛的對象是母親，是自然，是同性。這一類的作家，可以冰心女士為代表。及至出嫁以後，其愛的對象就轉為丈夫了。因為社會上所許可她們愛的，只有她們的丈夫。此類作家可以綠漪女士為代表。

至於「新閨秀派作家」，作者認為，「並不像閨秀派的作家之受禮教的牽制，但她們究竟有些顧忌而不敢過形浪漫。……行為是一個新女性，但是精神上仍不脫閨秀小姐的習氣。」而「新女性派作家」，才是敢於表現「自由戀愛」與「數千年來中國的舊道德」的根本衝突的。我想他的歸納，大致是準確的。

再看一看對綠漪女士的分析：

她和冰心的不同的地方是：冰心的愛的對象是她的母親；而她的愛的對象是她的丈夫。其實她倆都是一樣的「閨秀氣」，不過冰心是未出閣的小姐，她是已經嫁人的少奶奶罷了。我們從她的作品中，看見她們夫婦生活的甜蜜。……但是這種愛是沒有什麼大勁兒的。這種愛是輕溫的，清淡的，微弱的，規矩的，和丁玲女士那種火山爆發似的愛情，自然是大不相同的了。

是的，這種愛是「沒有什麼大勁兒的」，但冰心的《寄小讀者》和丁玲的《莎菲女士的日記》，都成了現代文學史上的不朽名作；蘇雪林的《棘心》和《綠天》，卻已不大有人再提起了（人們提得更多的是她關於唐詩的專著和後期的一些文章）。這是不是很偶然，或很冤枉？恐怕不是。

《綠天》是當年一度很走紅的散文集，內收六篇散文（其中〈我們的秋天〉含六則短章，〈鴿兒的通信〉則包括十四封通信）。我們試讀「鴿兒」的第一封信：

親愛的靈崖：

昨天老人轉了你的信來，知道你現在已經到了青島了。這回我雖然因為怕熱，不能和你同去旅行，但我的心靈卻時刻縈繞在你的身邊，呵！親愛的人兒，再過三個星期，我們才得相聚嗎？我實在不免有些著急呵。

……

我想，熟悉冰心《寄小讀者》的朋友，一定會感到二者是何等相似。《綠天》是一九二八年由北新書局出版的。而此前，自一九二三年起，冰心已在國內的報刊上一組組地發表《寄小讀者》，並引起文壇的廣泛注意了。只是蘇雪林的寄信對象是遠地的丈夫而不再是小讀者，語氣上則稍多一點感歎罷了。按阿英的分析，還有一點不同：「冰心寫風景，將風景輕輕地抹幾筆，便能給你一個完全的印象。然後再觸景生情，把感想抒寫出來。這種寫法是寫意的寫法。而綠漪女士的寫法卻是『工筆』的寫法，寫意須有天才，工筆則只要工夫到，沒有什麼難處。所以，由這一點，已可看出綠漪的工夫實在冰心之上，而天才則似不及。」這是時人的評價，而時間作出了更嚴酷的評價。

蘇雪林的《棘心》是一部長篇（一九二九年北新書局版），寫的是她留學與婚姻的經歷，內容是記實的，所以與其說是小說，不如說是一篇長散文。其文筆和思想，都合於阿英關於「閨秀派」的評說。像這樣的作品，漸趨湮沒，也實在是順理成章的事。因為，在它誕生之初，以冰心為代表的「閨秀派」已相當成熟，她並未能為文壇增添更新的東西；而更重要的，是凌叔華、馮沅君、丁玲……都已登上文壇，尤其是丁玲《莎菲女士的日記》已在前一年發表，並引起了轟動。這意味著，整個社會與讀者群對於愛情的思考和感受，已然向前發展。這時再讀《棘心》，人們難免會感到缺乏新意、「沒有什麼大勁兒」了。——現在想來，當時《棘心》的處境，和我們編「生活」版而聽到王小鷹的棒喝的時候，竟是如此相像！

不妨再趁機總結一下：純文學要有真生命，要有真情實感，這不錯，《棘心》也有；但同時，它還須有一定的先鋒性，這體現為它與環境的一種張力，這既指社會人生的環境（人人心中所有），又指文學的環境（人人筆下所無），而這都是《棘心》所缺乏的。人們心中已有的，作家還跟不上；人們筆下早有了，作家姍姍來遲。這樣，其「純文學性」就要大打折扣了。文壇是極其刁鑽的，文學史更是嚴酷無比。如此看來，《棘心》何冤之有？

附帶說一句，有一些真正好的純文學，即使過了幾十年，讀者換了一代又一代，當初面世時那種激動人心的力量，仍隱隱地存在著。這無疑是人世間最有趣的現象之一。而問世之初感到「沒有什麼大勁兒」的，過多少年看，也往往還是如此，《棘心》就是一個好例。

那麼，哪些女作家的作品能合乎上述的要求呢？我以為，與《棘心》性質相近的，至少能舉出兩部：其一是謝冰瑩的《一個女兵的自傳》（上海良友圖書印刷公司一九三六年六月版），這是一個親歷北伐戰爭的知識女兵的血淚文章；其二是蕭紅的《呼蘭河傳》（一九四〇年末寫完，一九四三年桂林河山出版社版），雖然它也被稱為小說，但我以為其實也是長散文，它有著很強的紀實性，描寫了作家童年的故鄉記憶，寫出了當地的風俗，更寫出了人的愚昧、苦難和善良，這是蕭紅一生最好的作品。《一個女兵的自傳》和《呼蘭河傳》都是有真生命的，都是無可取代的傑作——這大概就是舒蕪先生所說的「大女人散文」吧。

在現代文學史上，還有兩位女性散文作家是不可遺漏的，那就是張愛玲和蘇青。張愛玲的筆是獨一無二的，她的散文集《流言》（一九四四年末五洲書報社版）寫盡亂世都市世俗人生的碎片，她的眼光能穿透到人性的深處，下筆時既有同情又有無可言傳的刻薄，這使她的文章新奇流麗而又極為耐讀。蘇青的散文也充滿世俗氣息，寫的都是自己的身邊瑣事，但文風潑辣，能言人所不敢言，尤其在婦女問題、女性遭遇、女子性心理等方面，屢屢直言，引起一定的「轟動效應」。在受了外界的鼓勵後，蘇青更其口無遮攔，下筆愈益放肆，以至於帶有一點表演性了。她的《浣錦集》（一九四四年四海出版社版）中多有這樣的作品。——其實蘇青還是有不少好作品的，但因與外界互動，使她的話題變得專一起來，風格也就走向單調，文章則漸漸經不起推敲，這不能不說是一個教訓。

還是回到我們「專」與「雜」的探討上來吧。前文所說的「小女人散文」，和蘇青的作品並不一樣，但在創作走向上卻有一點相像，那就是因外界需要而使自己的創作集中到了某一點上。散文創作，本來是宜於雜的。雜，才能無拘無束，才能即興而為，才能最多樣最完整地體現自己的真生命，也才不致很快「老化」。而專於一，則不僅自我重複，質量下降，也會使創作變成一種勞作，變得了無趣味。而這樣一來，所謂純文學性，也即不復存在了。無論對某一作家（比如蘇青），某一作品（比如《棘心》），某一題材（比如「小女人散文」），或某一版面（比如「生活」版），這道理都是相通的。

冰心也逃不脫這樣的規律。她在寫完了〈斯人獨憔悴〉等小說後，開始寫《繁星》、《春水》等詩篇，到美國後寫《寄小讀者》，回國後又寫小說和散文，她很多樣，並不重複自己。這些作品都有生命力。但她後來所寫的《再寄小讀者》、《三寄小讀者》，則是配合外界需要的文字，那就一點生命力也沒有了。這不也是一個教訓嗎？真文學，是來不得半點勉強的。

但市場不是這樣，市場總是看準了一個賣點，就慫恿你照這樣寫下去，它不要雜，它只信專，直到你再也寫不動了，產品也不再賣得動了，它再去找下一家。所以一旦被市場盯上，作家還是得作出自己明智的選擇。

十四、新散文的危機與回歸

上世紀七十年代末，文學進入「新時期」。初，詩歌，尤其是「朦朧詩」，首當其衝，成為萬眾關注的文學樣式。隨後是短篇小說和話劇，直接傳達著時代的心聲，引起了一波又一波的轟動。再接著是中篇小說，那影響力持久而深入，不僅僅是思想的力量，也有著越來越強烈的審美的衝擊力。再接著是報告文學。然後，出現了一度的沉寂，接著散文登場，本來以為怎麼也引不起轟動效應的散文成了文壇的熱門，先是五四後的名家散文暢銷，接著由學者散文而「文化大散文」，再接著由生活散文而「小女人散文」；再接著，散文越來越世俗化，漸漸散入大報小報的白領副刊或暢銷刊物，成了好看而無足輕重的東西；另一路，則走向高雅化，以談書論學的書話隨筆的形式出現，這是以前知堂散文的餘脈，但讀者面終究不寬，影響也漸漸小下來了。活躍在文壇上的，只剩下了長篇小說，創作數量巨大，每年也會有幾部比較轟動的作品，但總的看，量大於質，作家大多成了追求高產的寫手，真正的精品愈益稀有……

以上這組圖景，是中國文壇的每一個過來人都熟悉的。這樣一種由「烈火烹油之盛」到漸漸被邊緣化的過程，是不是二十世紀中國文學的一種迴光返照呢？所有文學樣式都輪番地熱鬧了一下，這是不是造化對於辛苦一場的中國文人的一種善意的安慰？面對「寂寞新文苑」，我們不得不作如此想。

然而，這情形又並非只限於中國文學，似乎還是國際性的。我們只從散文著眼。上世紀八九十年代，王佐良先生寫過一篇〈英文散文現狀〉（收入《並非舞文弄墨》，三聯書店一九九四年初版），其中說道：

過去讀英文的人，總是很喜歡十九世紀蘭姆寫的散文，蘭姆很像一個中國文人……寫一手古雅風趣的文章，成為小品文大家。他的影響繼續到二十世紀。有一陣，連倫敦《泰晤士報》都每天要登一篇用蘭姆式小品文筆調寫的「第四則社論」。

現在的情況是：這一類小品文幾乎見不著了。

過去人們又喜讀英文中的文論，就是報紙雜誌上的書刊評論文章，也常常寫得既有見地又有文彩。這背後也是有一個長遠的傳統。英國好的文學評論家往往就是創作家，不大談高深理論，但能道創作甘苦，文章看似寫得漫不經心，實則娓娓動聽，這時候再來幾個警句，點破人生或藝術裏的秘密，也就格外令人難忘。

最近看看英國報刊上的書刊評論，也發現精彩之作少了。二次世界大戰之後……《泰晤士文學副刊》上的長篇評論也往往清新可誦，現在則後者也像美國學院派文章一樣，充滿了嚕嗦句子和抽象名詞。

而在美國，像過去艾特蒙・威爾遜那樣寫得有深度有文彩的文論家也少見了。

發現這一情況的，並不是王佐良一個人。早在一九七七年，即此間新時期文學的「烈火烹油之盛」尚在醞釀中時，遠在美國的學人吳魯芹，就在臺北的《中國時報》發表了一篇〈散文何以式微的問題〉（載《瞎三話四集》，上海書店二〇〇九年版），他說：

不久以前一位社會學家形容我們今天所處的時代是「聳人聽聞的時代」（The Age of sensation），他舉了一些例子，頗有點道理。我個人的感受則是今天我們所處的時代是前所未有的「打岔時代」（The Age of Distraction），這當然是我杜撰的名詞……碰上這種時代，即使蒙田、蘭姆、畢爾彭（Max Beerbohm）再世，生在今日的法國和英國；朱自清、周作人轉世，生在今日的中國，他們寫散文的衝動，不給這個時代的「巨輪」輾死，也會大打折扣的。……

上述若干位以及其他散文名家，文章之所以寫得好，除去個人的秉賦和一點特殊的靈性之外，還有別的一些重要因素。如讀萬卷書，行萬里路之類。書讀得多，並不一定就能寫得一手好散文，不少博學鴻儒，文章實在平平。但是不讀書而能寫出好文章則未之聞也。……

今天讀萬卷書的人有的是，行萬里路的更多。可是「時代」不容他從容地寫散文，因為周圍儘是「聳人聽聞」的頹風；無論晨昏，又都隨時有「打岔」的事，隨時有「打岔」的人。好的散文要靠文字的純正，如今純正的文字要逐漸絕跡了。取而代之的是好萊塢寫宣傳稿式的一味誇張，用最美麗的字眼，去形容一文不值的垃圾，把原先有意義的字眼，貶到不值一文。總之，文字的純正奄奄一息，好散文的大去之期就不遠了。

這兩段文章有異曲同工之妙。王文主要講了英美「好散文少了」這一事實，吳文則將中西貫穿一氣，還分析了個中因由，大致地看，也就是生活節奏加快，人心漸趨浮躁，而商業廣告語氾濫，影響了人們對純正文字的欣賞口味。

這裏，我還想提及一位比王、吳二人晚一輩的中國學人，那就是不久前出版了《從閱讀到批評》（商務印書館二〇〇七年版）的郭宏安。這是一部研究「日內瓦學派」批評方法的專著。所謂「日內瓦學派」是法國的一個批評流派，他們特別推崇蒙田的隨筆手法，強調批評要以閱讀和體驗為前提，所以，這其實是一個強調詩性、散文性的批評團體。當年李健吾赴法留學的時候，正是這一學派興起之時，後來李健吾以「劉西渭」的筆名寫了大量批評，結集為《咀華集》和《咀華二集》，這些批評本身就是好散文。而郭宏安又正是李健吾的學生。郭宏安有一篇文章評楊絳先生的論文，其中就引用了「日內瓦學派」代表作家的話：

她的文章清麗自然，紓徐不迫，怨而不怒。她的論文顯露出一種「批評之美」，我可以引用斯塔羅賓斯基的一段話來加以說明，他說：「批評之美來源於佈置、勾畫清楚的道路、次第展開的遠景、論據的豐富與可靠，有時也來源於猜測的大膽，這一切都不排斥手法的輕盈，也不排斥某種個人的口吻，這種個人的口吻越是不尋求獨特就越是動人。不應該事先就想到這種『文學效果』：應該彷彿產生於偶然，而人們追求的僅僅是具有說服力的明晰……」

（〈「一句挨一句翻」〉，載二〇〇四年十一月三日《中華讀書報》）

這裏所說的楊絳的論文，以及所引的斯塔羅賓斯基的話，與前文王佐良所說的「英國好的文學評論家往往就是創作家」，正是「三合一」的文學現象。然而，這一優美的批評學派，現在在歐洲也早已「式微」。我曾請教郭宏安先生，現在在歐洲的大學裏，如果用蒙田式的手法，用「日內瓦學派」的方法寫學位論文，行不行？他搖搖頭說：現在的論文都是美國式的學院派的套路了，否則就通不過；只有極個別的情況，即論文特別有創見，而材料又極其扎實，導師和答辯老師都被鎮住了，這才有可能通過。他舉了一個很有個性與才華的博士的例子，說他也只見過這一個例外。這就難怪像胡適、馮友蘭、朱光潛、錢鍾書乃至楊絳那種優美的、個性化的、既清淺又深刻的論文，在我們這裏也越來越少，幾近絕跡了。——看來，「好散文少了」，確乎是一個世界性的現象了。

我在本書的前幾章中，就散文創作規律，曾作出這樣幾點推測：

一、散文作家只能服從自己的創作個性，而無法接受外在的風格樣式的框範，例如回應林語堂的「幽默」一類的召喚。（〈文學市場與幽默實驗〉）

二、散文作家不宜直接面對市場（如當初《論語》所要求的那樣）；而可由編輯充任半個經紀人的角色（例如《宇宙風》那樣）。編輯面對市場，作家則面對真實的自己。（〈從《人間世》到《宇宙風》〉）

三、編輯對散文創作能有組織和推動的作用，但真正第一流的散文（不管是幽默小品還是雅淡的人生小品）卻是無可催生的，它們必得自然生成、水到渠成。（〈京派散文：「即興」與「賦得」〉）

四、第一流的散文極易扼殺而極難產生，所以，作家在藝術表現上來不得半點犧牲，他們必須是自由的。也因此，真正的好散文只可能是「即興」偶成的（即自然生成），而不可緣題作文，不可「賦得」，更不可批量製作。（同上）

五、無論一個刊物還是一個作家，至少就散文來說，宜雜不宜專。雜即多樣，這是豐富與新鮮的保證。既不可跟隨人後，亦不可自我重複。應在不斷探索中顯露自己的真生命。（〈女性散文，及散文之大小專雜〉）

六、散文的純文學性體現在：既要有作家的真生命——真情實感，又要有一定的「先鋒性」，後者並非專指形式的新異，更體現為與時代環境的張力——「人人心中所有，人人筆下所無」。

（同上）

根據上述幾點，再來直面現已出現於全球範圍的散文危機，能否形成一些「突圍」的構想？我以為是可以的。

因為，前述種種危局，其實都是「外在」的，諸如：好的文論少了，好的小品文見不著了，周圍都是「聳人聽聞的頹風」，時不時有「打岔」的人和事，學位論文寫成清淺可讀而無損於深度的美文已不易通過，等等。它們都還不是「內在」的，即並不能必然地摧毀創作者的內心，只要你不是十分功利，並不想全身心地跟著外部環境跑，那你還是有可能寫出好散文。

正因為好的散文作家只服從於自己的創作個性，並不直接面對市場，真正第一流的作品外界即使催生也催不了，它們不能跟風，不能重複，那麼，外在的不景氣，只要不摧折了作家的自信，不腐蝕掉自由的創作個性，好散文便依然可以誕生。而且，似乎還更易於脫穎而出，這也就是所謂「水落石出」吧。

高爾基曾經說過：「我覺得，如果對人生持悲觀的看法，而對人則盡一切可能抱樂觀的態度，那是很有益的。這矛盾嗎？不，為什麼呢？生活在目前還是出色的匠師的失敗的作品。」（《文學論文選》頁八至九）這是一種十分智慧也十分積極的態度。我覺得，不管對於整個人生，還是對於文學，都應該持這樣一種態度。也就是，對外在環境，我們是不滿的，分明看到了它的種種不足；而對於人，對於人的創造和突破，我們充滿希望和信心。只有這樣，我們才能看到明天，也才能爭取一個更好的、向前發展的外環境。散文的環境不理想，甚至比以前更差了，但只要人還在，優秀的散文家們仍在努力，那就不會沒有輝煌重起的時候。

我還想說一說讀〈一歲貨聲〉的啟示。這是周作人收在《夜讀抄》中的一篇短小的書話，「貨聲」，也就是沿街的叫賣聲。周作人在引用了那些奇妙無窮的「貨聲」之後，忽然對詩歌藝術發表了一通獨到的議論：

> 現在的文人只會讀詩詞歌賦，會聽或哼幾句戲文，想去創出新格調的新詩，那是十分難能的難事，中國的詩彷彿總是不能不重韻律，可是這從那裏去找新的根苗，那些戲文老是那麼叫喚，我從前生怕那戲子會回不過氣來真是「氣閉」而死，即使不然也是很不衛生的，假如新詩要那樣地唱才好，亦難乎其為詩人矣哉。賣東西的在街上吆喝，要使得屋內的人聽到，聲音非很響亮不可，可是並不至於不自然，發聲遣詞都有特殊的地方，我們不能說這裏有詩歌發生的可能，總之比戲文卻要更與歌唱相近一點罷。

此文的妙處，在於指出了詩歌要想創新，有時不能光在現存的藝術裏相互尋找資源——那其實也是近親繁殖吧——日常生活裏的資源常常會更直接更有用。「賣東西的在街上吆喝，要使得屋內的人聽到，聲音非很響亮不可，可是並不至於不自然，發聲遣詞都有特殊的地方」，這就是民眾在實際生活中的創造了，這都是從實際需要出發的，所以決不同於「為賦新詞」的無病呻吟。將此論移之於散文，又當如何呢？

我想，現在散文的不景氣，與人們的閱讀心態的變化，是很有關係的。正如吳魯芹所說，現在已是一個「聳人聽聞」的時代和「打岔」的時代了。人們靜不下心來讀平淡的閒適的小品，成天在實際生活中忙碌奔走。在這樣的時候，一本優美的純散文的刊物，很可能成為冗餘的奢侈品，擠不進人們的眼中與心中去了。可是，人總還在實際生活中，那些與實際生活相關的美文，一如窗外的「發聲遣詞都有特殊的地方」的美麗吆喝，卻仍能自然而然地進入人們的心靈的。我以為，這就是現今好散文的一個新的出路吧！

事實上，無論是王佐良、吳魯芹還是郭宏安，都未對散文的前景真正絕望。

吳魯芹說：也許只是年齡背景的關係，所以會呼應散文式微的悲觀論調，「事實上只是我們所熟悉的好散文日漸稀少了，好的散文並沒有完全絕跡，不過是出諸不同的形式而已。我平日所接觸到的《紐約客》週刊每期的第一篇評述總是一篇好散文，哥倫比亞電視廣播評論家塞福瑞德每晚一兩分鐘的評論，鏗鏘有聲，文字錘煉真是到了極致。前幾年《美國學人》季刊每期有克魯區的一篇專欄……也真是字字珠璣，不同凡響。」——他舉的這些例子，都是「實用」的文章，而同時又是雋永的散文佳作。這很值得我們注意。

王佐良所說的也大同小異：「蘭姆式小品文的衰落不等於小品文本身的衰落，文縐縐掉書袋的文章少了，在別的方面倒是有了開展。」與吳魯芹不同的是，他指出了像E.B.懷特《再到湖上》那樣的美文在美國文壇仍有一席之地；但他在選編《並非舞文弄墨》時的一個核心的觀點，還是強調散文首先是一種實用文體，而關鍵在於，它在「事過境遷之後，是否還值得一讀」。

郭宏安在《從閱讀到批評》一書中寫道：「今天的精神氣候與蒙田的時代相比，有了天翻地覆的變化，首先是人文社會科學廣泛而巨大的存在，佔據了幾乎所有的精神領域，但是這不應該減弱隨筆的『活力』，不應該束縛它對『精神秩序和協調的興趣』，而應該使它呈現出『更加自由、更加綜合的努力』……」也就說，隨筆不應被人文社科排擠出去，而應汲取它們的成果，讓自己也站到精神領域的最前沿，回答時代的「問題」，同時又須「讓自己成為一件作品」。

他們三位所說的，分明有一種共通性。為了讓這層意思更分明，容我再抄錄一段王佐良寫在《並非舞文弄墨》書序中的話吧：

> 散文首先是實用的，能夠在社會和個人生活中辦各種實事：報告一個消息，談一個問題，出張公告，寫個便條，寫信，寫日記，進行政治辯論或學術討論，寫各種各樣的書，等等。當然，它還可以在文藝創作的廣大園地上盡情馳騁。……文藝家的佳作是值得珍惜的，但我們也常常看到各行各業的實幹家寫一手好文章，有時比文章家寫得更令人愛讀。

這當中有內容因素——這些實幹家總是言之有物，而且能言常人所不知的新事物——但也有語言因素，即他們不舞文弄墨，卻能運用一種平易、清楚而有力的語言。就在我們這個小小選本裏也可以看到，英國散文的歷代英雄不是純粹的文章家，而是狄福、斯威夫特、科貝特（Cobbett，寫有《騎馬鄉行記》，曾受馬克思稱讚——劉注）、蕭伯納等位實幹家兼文章家。……

由上文中，我們似乎可以得出這樣的結論：今天的散文的出路，首先在於散文家堅持自己的創作個性，作出不懈努力（包括繼續創作高品位的純藝術的散文）；同時，又要適應整個社會人文乃至文學環境的變遷。而後者，也就要使散文由虛走向實，由文人式的吟風弄月走向實幹家的既實且虛，實中含虛——雖然，向來的好文章，十之七八總還是偏於實的。

於是我們看到，「五四」時期，因為文壇過於單調，周作人寫出了〈美文〉，號召大家來寫文學性的、英美式的「絮語」散文，漸漸形成了散文界百花爭豔的風致；而一個世紀不到，風氣又有了變化，文章又要向「實用」方面靠攏了。此「三十年河東，三十年河西」歟？

是的，這確是一種回歸，一種新文學向舊文學的靠攏。但這並不是消極的。這完全可以稱為「否定之否定」。因為新文學的平民色彩、個人性、自由精神、科學思維等等，都已融入到它的骨子裏了，它不可能再回到清末的八股文或桐城派古文中去了。

這些年來，已有很多人在呼喚向舊文學的回歸，有要回到文言的，有要回到駢體的，有要回到漢唐的，也有要在精神上復歸舊時的黃鐘大呂的，不一而足。其實，回歸，或更準確地說是螺旋式的發展，並不是從邏輯出發的先驗的推斷，而應是從實際出發的切實的進展，它的實際步驟，常常會出人意料（正如一切歷史都常常會出乎預言家們逆料一樣）。結果我們發現，確實有回歸，但並不像有些人盼望的那樣，而只是在散文的題材或體裁上，又靠近了各種實用文體，或又開始依附於各實用文體了。而這一點，又正體現了中國文章幾千年來累積的優勢。

比如吧，韓愈是大散文家，但翻開一部《昌黎先生集》，我們看不到散文這一項，只看到了雜著、書、啟、序、哀辭、祭文、碑誌、狀、表狀……

同樣，歐陽修也是大散文家，翻開《歐陽文忠公文集》，也只見到了論、經旨、辯、詔冊、神道碑銘、墓表、墓誌銘、行狀、序、與人書、策問、祭文……

中國古代有「白馬非馬」之說，即白馬為具體的馬，而「馬」是抽象概念，二者不可混說。但「馬」又是白馬與其他諸馬的共相，這共相是體現、寄寓在諸馬之中的。所以，要找一個古代散文家除「序」、「狀」、「記」諸文體之外的純散文，那是很困難的，而古代散文大致就存在於諸種實用文體之中。但古代中國散文確實取得了巨大的文學成就，它們的文學性，也就存在於諸種文體的文章裏了。

我以為，正是在這一點上，新散文值得向古代散文學習——尤其是當我們進入了這樣一個忙碌的、實際的、喧囂而「打岔」的時代。這種以商業文化和大眾消費文化占統治地位的時代氛圍，與中國古代的以實用政治倫理占統治地位，雖有很大不同，但在對於文學天地的排斥和擠壓上，卻又是很相似的。

讓我們再回頭看看當年的胡適、魯迅和周作人——

胡適提倡新詩，也寫了不少新詩，但他寫得最多的，還是清淺而扎實的學術文章，外加他的日記和書信，還有一部分傳記，以及大量雜文、短論。這都不是抒情散文或純散文，而都屬於實用文體。

魯迅除了他的小說創作、散文詩與回憶文《朝花夕拾》，寫得更多的是雜文、論文、學術研究以及書信、日記，這些也可說是實用文體。

周作人雖然提倡「美文」，自己也身體力行創作了大量小品，但這些小品其實也是很「實」的，常常帶著民俗學或其他學術內容，而他寫得更多的是雜文、隨筆、書話，他不愛吟風弄月，他的文章大都體現了他的「雜學」，所以，他也還是一位從事實用文體的大散文家。

這樣看來，如王佐良先生所說的「散文首先是實用的」，真是一點也沒有錯。在沒有文學散文這樣一個概念的古代，我們的先人從史書、經書、政論、表狀、信札等各類文體中創造出了輝煌的文學成就，經過「五四」新散文洗禮的我們，難道還會懼怕進入各種實用文體，還愁在諸類文體中寫不出上好的文章嗎？我覺得這是不應該的，我們應當接受這一時代的、也是文學的挑戰。

其實自新時期以來，許多好散文還是屬於各個實用文體的。我想舉兩個例子，其一就是前面提到的楊絳。楊先生有一篇名文〈回憶我的姑母〉，曾被收入多種選本。此文娓娓道來，真切細膩，充滿真情實感和歷史感，它所展示的事實引起了很多讀者的震驚。這可以說是一篇純文學的典範作品。但它的起因，卻是為了一種實用的、史料上的需要。文章開宗明義寫道：

中國社科院近代史所給我的信裏說：「令姑母蔭榆先生也是人們熟知的人物，我們也想瞭解她的生平。蔭榆先生在日寇陷蘇州時罵敵遇害，但許多研究者只知道她在女師大事件中的作為，而不瞭解她晚節彪炳，這點是需要糾正的。如果您有意寫補塘先生的傳記，可一併寫入其中。」……

這說明，在實用文章中，完全可以出現第一流的純文學散文。

另一個例子是出版家鍾叔河先生。他常把自己的文章稱為「編輯應用文」，這就更顯其實用無疑了。但他的有些「應用文」，寫得真是好，不僅短小，而且雋永有味，分明是上等的小品。他的〈《走向世界》後記〉便是一篇難得的美文，但因篇幅略長，抄錄不便，讀者可自去翻閱他的《書前書後》集。這裏且抄錄一篇更短的〈《走向世界以後》小引〉：

我喜讀近代人物的外國遊記，陸續收集了兩百多種。一九七九年到「湖南人民出版社」後，開始從中選編《走向世界叢書》，已經印行三十六種。現在我已不在出版社工作，編書也已力不從心，但是跛者不忘履，病中偶想讀書，總寧願把還沒有編入叢書的這類舊遊記翻出來，因為一則線裝薄本躺著拿在手中比較省力，二則聊以滿足一點舊林故淵之思，這也就是自己確實已經老了的證據罷。

舊書重讀，有時仍覺得有些意思，便隨手作些札記，仍屬「夜讀漫抄」，不過讀和抄的都是前人「走向世界」以後的記述，便給它安上這樣一個名目，也別無深意，不過還是為了滿足一點舊林故淵之思罷了。

一九九〇年十一月十六日於長沙。

全文二百多字，要說實用那完全是實用的，把書的來龍去脈交代得一清二楚，的確言簡意賅。但它恰恰又是一篇性靈之文，不但文字好，而且情真，處處可見人的情趣。尤其是兩處「舊林故淵之思」，有一種回環往復之感，那種既無奈而又壓抑不住的「老驥伏櫪」之態，躍然紙上，但又表現得雅淡蘊藉，似有若無。就文學性來說，它比那些沒話找話的吟風弄月之作要高得多。

如果我們在前言、後記、通訊、言論、書評、樂評、影評、考證、史傳、序跋、解說、書札、日記、博客……等各種文體中，都能像楊先生、鍾先生那樣認真對待，以文學之心對待，用我們業已成熟的「談話風」，盡其可能地寫成美文，那麼，我們的散文藝術，就必然能更上層樓。散文的再度輝煌，也就不會是一句空話了。

事實上，「五四」所創造的優美的白話文體，侵入今日的實用文體，充填了實用文體文學涵量的例子，還是很多的；有些還將這影響推向了世界。其中最明顯的變化，就是史學界，我在前文曾經說過，吳晗、林漢達等大家的優美清淺的史著，就分明有著胡適開創的「談話風」的風格。而同樣繼承了這一風格的海外學者黃仁宇，又以其《萬曆十五年》等學術名著，影響了西方史學界。現在，這種清淺的敘述風格，已成為不少歐美歷史學家模仿的對象。這是中國式「談話風」走向世界的一個範例，這不也是中國現當代散文仍大有希望的例證嗎？

在實用文體中滲透出幽深悠遠的文學內涵，這在中國有漫長的歷史傳統；我想，這也將成為現當代散文的一個優美的新傳統。

十五、誰是「五四」新文學的對立面

本章要逸出白話散文的範圍，談一談辛亥以前梁啟超的「新民體」。這也許有點像現時好萊塢影片流行的「前傳」吧。

熟悉魯迅作品的人，一定記得他在《集外集》的序言中提到的「悔其少作」的話。對於自己早年留學日本時的文言文，他是「愧則有之，悔卻從來沒有過」。當初編《墳》時，他有意刪去了後來收到《集外集》中的兩篇文言，那就是因為「愧」的緣故。何以愧？深究一下，很有意思，甚至還可牽出一個更大的題目——究竟誰是「五四」新文學運動的對立面？

這兩篇文章，魯迅自己說，一篇是「雷錠」的最初的介紹，一篇是斯巴達的尚武精神的描寫，但他記得自己那時「化學和歷史的程度並沒有這樣高，所以大概總是從什麼地方偷來的」，可是現在無論怎麼回憶，也已無法找到它們的老家了。他寫道：

而且我那時初學日文，文法並未了然，就急於看書，看書並不很懂，就急於翻譯，所以那內容也就可疑得很。而且文章又多麼古怪，尤其是那篇〈斯巴達之魂〉，現在看起來，自己也不免耳朵發熱。但這是當時的風氣，要激昂慷慨，頓挫抑揚，才能稱為好文章，我還記得「被髮大叫，抱書獨行，無淚可揮，大風滅燭」是大家傳誦的警句。但我的文章裏，也有受著嚴又陵的影響的……以後又受了章太炎先生的影響，古了起來……

要研究新文學的前史，這段文章千萬不可輕輕放過。

魯迅這兩篇文言文寫於一九〇三年。此前的一九〇二年正月初一日（二月八日），梁啟超主編的《新民叢報》在日本橫濱創刊；十月，《新小說報》也出版了。梁憑藉這兩本刊物，寫出大量慷慨激昂的宏論，其「新民體」（又稱「新文體」）頓時風靡神州。據他自己後來說：「自是啟超復專以宣傳為業，為《新民叢報》、《新小說》等諸雜誌，暢其旨義，國人競喜讀之，清廷雖嚴禁不能遏。每一冊出，內地翻刻本輒十數。二十年來學子之思想，頗蒙其影響。」（《清代學術概論》）他的同時代人、戊戌變法的戰友黃遵憲當年四月即感歎道：「驚心動魄，一字千金，人人筆下所無，卻為人人意中所有，雖鐵石人亦應感動，從古至今文字之力之大，無過於此者矣。」同年八月又道：「公言《新民報》獨立任之，尚有餘裕，聞之快慰。欲求副手，戛戛其難，此亦無怪其然。崔灝題詩，謫仙閣筆，此乃今日普天下才人學人萬口一聲，認為公理者，況於親炙之者乎。」（均出自黃公度〈致飲冰主人書〉）這不是阿諛老友，確是那一時期普遍的評價。比梁晚一輩的報人曹聚仁也說：「《新民叢報》時代，梁啟超成為言論界的彗星，創導所謂『新文體』（即報章文體Reportage）。……《新民叢報》雖是在日本東京刊行（案：應為橫濱，曹之行文一向小處不拘也），而散播之廣，乃及窮鄉僻壤。清光緒年間，我們家鄉去杭州四百里，郵遞經月才到，先父的思想文筆，也曾受梁氏的影響；遠至重慶、成都，也讓《新民叢報》飛越三峽而入，改變了士大夫的視聽。」（《文壇五十年・報章文學》）所以，魯迅所說的那時「激昂慷慨，頓挫抑揚」的為文風氣，其實正是鬧得洛陽紙貴的梁氏文風。而他所自認的「從什麼地方偷來」思想及知識，以及「文法並未了然，就急於看書，看書並不很懂，就急於翻譯」，也正是後來人所皆知的梁啟超的毛病，當然也是那一時代的通病。

在魯迅那篇著名的《吶喊・自序》中，也曾說到：「然而我雖然自有無端的悲哀，卻也並不憤懣，因為這經驗使我反省，看見自己了：就是我決不是一個振臂一呼應者雲集的英雄。」

誰是可以一言而致「應者雲集的英雄」呢？梁啟超肯定是一個。當時有心維護清廷的嚴復就曾說：「往者杭州蔣觀雲嘗謂：梁任公筆下大有魔力，而實有左右社會之能，故言破壞，則人人以破壞為天經；倡暗殺，則黨黨以暗殺為地義。……於是頭腦簡單之少年，醉心民約之洋學生，至於自命時髦之舊官僚，乃群起而為湯武順天應人之事。」（〈與熊純如書〉）

從上述兩段魯迅的話中，細加辨析，可以看出，魯迅很快發現了梁氏為文的弱點和「古怪」「可疑」之處，也明白了自己所處的地位，此後也即明白了自己的工作——而這顯然是不同於梁啟超的。

有一件事情十分有趣，在《集外集》的序中，魯迅說自己的文章「也有受著嚴又陵（即嚴復）的影響的」，「以後又受了章太炎先生的影響」，卻就是不點出梁啟超的名來。統觀《魯迅全集》，真正提到梁啟超的地方，其實很少很少，大多是一筆帶過的。在〈馬上支日記〉中，是說梁啟超被西醫割去了腰子，隨後就說到中西醫問題了。而〈在現代中國的孔夫子〉中，只是從梁啟超編的《清議報》上看到過的一幅孔子像說起，然後就說孔子的事了。這種有意不作正面談論，可能和魯迅系章太炎弟子，章太炎和梁啟超有過很激烈的論戰，而章門弟子大都站到了自己先生這一邊有關。

同是章太炎弟子的周作人，也很少提到梁啟超。最有意思的是，周作人寫過兩篇談黃遵憲詩歌的文章：〈人境廬詩草〉和〈詩人黃公度〉。人境廬詩是梁啟超倡導「詩界革命」的典範之作，也是他的名著《飲冰室詩話》的核心論題，談人境廬，不可能不談到梁啟超。但周作人就是有這本事，只見他娓娓寫道：

> 黃公度是我所尊重的一個人。但是我佩服他的見識與思想，而文學尚在其次，所以在著作裏我看重《日本雜事詩》與《日本國志》，其次乃是《人境廬詩草》。老實不客氣的說，這其實還有點愛屋及烏的意思，我收藏此集就因為是人境廬著作之故，若以詩論不佞豈能懂乎。我於詩這一道是外行，此其一。我又覺得舊詩是沒有新生命的。它是已經長成了的東西，自

有他的姿色與性情，雖然不能盡一切的美，但其自己的美可以說是大抵完成了。舊詩裏大有佳作，我也是承認的，我們可以賞識以至禮贊，卻是不必想去班門弄斧。要做本無什麼不可，第一賢明的方法恐怕還只有模仿，精時也可亂真，雖然本來是假古董。若是托詞於舊皮袋盛新蒲桃酒，想用舊格調去寫新思想，那總是徒勞。這只是個人的偏見，未敢拿了出來評騭古今，不過我總不相信舊詩可以變新，於是對於新時代的舊詩就不感到多大興趣。此其二。……

這是《人境廬詩草》一文的開頭，另一文也有相似之妙。雖然口口聲聲說自己不懂詩、是個人偏見，但三言兩語，卻將梁啟超精心構建的「詩界革命」理論，幾乎全部推翻了。然而竟一字未提任公的大名。後文雖然提到，則主要是為了探討人境廬詩的版本；而從中也可發現，他對梁氏的文章言論其實是爛熟於胸的。

瞭解了上述情況以後，我們不妨再作分析：五四新文學運動自周氏兄弟加入以後，到底發生了怎樣微妙的變化？

本來，新文學運動提出的是文言與白話的問題，亦即語言工具問題，當然這也顧及了內容與形式兩個方面，用胡適的話來說，就是提倡了「活的文學」。〈逼上梁山〉中就亮出了他的這一「總結論」：

今日所需乃是一種可讀，可聽，可歌，可講，可記的言語。要讀書不須口譯，演說不須筆譯，要施諸講壇舞臺而皆可，誦之村嫗婦孺皆可懂。不如此者，非活的語言也，決不能成為吾國之國語也，決不能產生第一流的文學也。

陳獨秀進而在〈文學革命論〉中提出了「三大主義」，即：推倒貴族文學，建設國民文學；推倒古典文學，建設寫實文學；推倒山林文學，建設社會文學。這就更顧及了內容的方面。但他真正注意的對立面，還是那陳腐的文言傳統，所以他隨即提出中國粲然可觀之近代文學惜為「十八妖魔」所厄說：

此妖魔為何？即明之前後七子及八家文派之歸、方、劉、姚是也。此十八妖魔輩，尊古蔑今，咬文嚼字，稱霸文壇。……歸、方、劉、姚之文，或希榮譽墓，或無病而呻，滿紙之乎者也矣焉哉。每有長篇大作，搖頭擺尾，說來說去，不知道說些什麼。此等文學，作者既非創造才，胸中又無物，其伎倆惟在仿古欺人……

這裏的「八家」即唐宋八大家，歸方劉姚即歸有光、方苞、劉大櫆、姚鼐，所指的無非就是桐城派古文了。所以，新文學運動初起時，對於「桐城謬種，選學妖孽」的批判，火力最為集中。可是，事實上，正如陳平原所指出的，桐城派古文的生命力在於和八股取士暗合，學這一派古文者最能寫好時文，到清末取消八股取士，桐城派的生命力也就衰微了。（《從文人之文到學者之文》，三聯書店二〇〇四年版）梁啟超的「新民體」一出，其影響，早已遠遠超過了佔領文壇二百年的桐城派。所以，錢玄同、劉半農等一出手，作為桐城派殿軍的林琴南輩，實在不是對手。可見，這一業已過時的古文派別並不足以成為五四新文學運動的真正的對立面。

二周兄弟就在這時出場了。在錢玄同劉半農大戰林琴南的兩個月後，魯迅寫出了〈狂人日記〉，又過了三個月，寫出了〈我之節烈觀〉；周作人則在這場大戰的十個月後，寫出了〈人的文學〉與〈平民的文學〉。據胡適在《中國新文學大系‧建設理論集》的序中說，新文學運動的中心理論只有兩個，其一是上述「活的文學」，其二便是「人的文學」。而後者，正是由周氏兄弟打開局面的。

在周氏兄弟的靈魂深處，潛藏著章太炎的影子。這是一個很奇妙的精神現象。當年，變法維新時期，章太炎也參與過《時務報》的筆政，與康、梁有過合作，但此間已見出分歧。到亡命日本以後，他寫了〈駁康有為論革命書〉，並因《蘇報》案與鄒容一起入獄，一時名聲大振。至一九〇六年，他主編《民報》，因革命與改良問題，與梁啟超筆戰甚烈。他和康梁之間，除了政見上的不同，其實更有治學態度上的相左，也就是「古文經學」與「今文經學」的衝突。章氏治學崇實，對古代典籍和事件主張審慎考訂，接受的是「實事求是」和「六經皆史」的學術思想；而康梁專講

「微言大義」，好發「非常異義可怪之論」，康改造今文經學為戊戌變法張本，但正如梁啟超後來在《清代學術概論》中所反省的，「往往不惜抹殺證據或曲解證據，以犯科學家之大忌」。另一方面，章氏棄絕援引攀附，堅持思想上學術上的「矜己自貴」，反對無所持守，進退失據；而梁啟超到日本後，倚重日譯西方近世學術思想，以及從「萬木草堂」學得的「史學、西學之梗概」，雜糅新見舊識，左右摭拾，即憑其「筆鋒常帶感情」，放論時勢潮流，且梁氏心情敏感多變，「不惜以今日之我與昨日之我開戰」，自然屬於自矜曠觀、進退失據這一路了。這就必然受到章氏不遺餘力的攻訐（此觀點取自李振聲文〈作為新文學思想資源的章太炎〉，載《書屋》二〇〇一年第七期，讀者可詳參之）。而魯迅的〈狂人日記〉與〈我之節烈觀〉，字裏行間蘊涵著對於中國歷史與國民性的痛徹心肺的研究，並不是那種泛泛的號召性的文字（〈狂人日記〉與作者後來的創作，頓使梁氏倡導的所謂「新小說」黯然無光）。周作人的兩篇文章更是持論謹嚴，是堅持獨立思考與科學分析的平實之作，與當時通行的文風大不一樣。這都是扎扎實實的創作、研究和論說，它們的出現，打開了人們的思路，而不再沉湎於一時的狂熱了。

胡適在《中國新文學大系・建設理論集》的序中鄭重地說：「次年（七年）十二月裏《新青年》（五卷六號）發表周作人先生的〈人的文學〉。這是當時關於改革文學內容的一篇最重要的宣言。」他還承認，在周作人所指出的「非人的文學」之中，包括了他和陳獨秀本來很推崇的一些古代白話小說，這是很可注意的。「我們一面誇讚這些舊小說的文學工具（白話），一面也不能不承認他們的思想內容實在不高明，夠不上『人的文學』。用這個新標準去評估中國古今的文學，真正站得住腳的作品就很少了。」在文中，胡適還把周作人提出的「個人主義的人間本位」這種「淡薄平實」的理論，視為後來造成「個人解放」時代的思想源頭，也視為他們「《新青年》的一班朋友」的共同主張。

其實，從胡適的這些觀感再延伸開去，我們就會發現，不僅他們曾經推崇的舊小說夠不上「人的文學」，即梁啟超當年所竭力鼓吹的新詩、新小說，以及新民體的文章，有多少是夠得上「人的文學」的呢？且不說那些作品中明顯的概念化傾向，在梁氏當時的觀念中，又有多少關於平民，關於普通個人生存狀況的深刻關懷呢？放開關於內容的分歧（這裏確實存在著複雜性，存在著包括時代與個人、政治與人性等尚需探討的問題），再從文風上看，事實上，自梁氏新民體風靡海內以後，這種文風並未大變，即五四前期陳獨秀的〈文學革命論〉與錢玄同劉半農唱雙簧的〈奉答王敬軒先生〉等，此類名文，也仍有新民體的風氣在。正是〈人的文學〉這類「淡薄平實」的文章，掩過了新民體的風頭。在〈人的文學〉中，周作人引入了進化理論，引入了歐洲的人的發現，也提出了他後來畢生關注的婦女問題與兒童問題，還例舉了易卜生、托爾斯泰、莫泊桑、哈代、泰戈爾、屠格涅夫、庫普林等西方作家的作品，一一與中國舊小說相對比，這都不是梁啟超式的道聽塗說，而是真正有過深入研究的。所以，更準確地說，這是以一種科學性的嚴謹的文風，打破了新民體以勢奪人的一統天下。也就是說，從提倡「活的文學」到進而提倡

「人的文學」，新文學運動悄悄出現了重要的轉折，新文學運動的對立面在這時也已有了很根本的不同。

現在回過頭去看，至少，從文體演變的角度說，新文學所要否定的，並不只是古代文學，更不只是桐城派古文或八股文，而應同時包括近代文學，包括梁啟超所鼓吹的「詩界革命」、「小說界革命」和「新民體」。因為後者事實上已經否定了前者，已佔據了主流的地位。雖然新文學對後者的再否定，沒有陳獨秀的〈文學革命論〉或錢玄同劉半農的〈奉答王敬軒先生〉那般熱鬧而劍拔弩張，但這種事實上的批判，以及新舊文體上的對比和交替，還是相當激烈的。

新民體的總體特徵，其實就是一種「氣」，作者調動感情，一鼓作氣，統率全文，滔滔而下，將讀者裹挾而去。這一特點，在梁氏早中、期的文章中，其實是一貫的。試看〈少年中國說〉開頭：

> 日本人之稱我中國也，一則曰老大帝國，再則曰老大帝國，是語也，蓋襲譯歐西人之言也。嗚呼！我中國其果老大矣乎？任公曰：惡！是何言！是何言！吾心目中有一少年中國在。

這是很典型的發憤感慨，在梁文中比比皆是。再看〈變法通議自序〉的開頭：

法何以必變？凡在天地之間者，莫不變。晝夜變而成日，寒暑變而成歲；大地肇起，流質炎炎，熱熔冰遷，累變而成地球；海草螺蛤，大木大鳥，飛魚飛鼉，袋獸脊獸，彼生此滅，更代迭變而成世界；紫血紅血，流注體內，呼炭吸養，刻刻相續，一日千變而生成人。藉曰不變，則天地人類並時而息矣。……

這很容易讓人想到韓愈的〈送孟東野序〉。這種以氣為主的文風，上可追溯孟子（梁啟超是崇孟而貶荀的），中間經過韓愈為首的八大家，然後連到桐城派，再到清代的八股文，新民體正是對八股文革命或改良的產物，其中仍有著明顯的八股習氣。周作人寫過一篇〈談韓文〉，雖然批的是韓愈和八股，我懷疑他心中想的或許正是任公：

即以上述〈送孟東野序〉為例……頭一句膾炙人口的「大凡物不得其平則鳴」，與下文對照便說不通，前後意思都相衝突，殊欠妥帖。……蓋即此是文字的遊戲，如說急口令似的，如唱戲似的，只圖聲調好聽，全不管意思說的如何，古文與八股這裏正相通，因此為世人所喜愛，亦即其最不堪的地方也。《賭棋山莊筆記》之三《稗販雜錄》卷一有云：「作文喜學通套言語。相傳有塾師某教其徒作試帖，以剃頭為題，自擬數聯，有剃則由他剃，頭還是我頭，有頭皆可剃，無剃不成頭等句，且謂此是通套妙調，雖八股亦不過此法，所以油腔滑筆相習成風，彼此摹仿，十有五六，可慨也。」以愚觀之，剃頭賦與〈送孟東野序〉實亦五十步與百步之比，其為通套妙調則一也。如有人願意學濫調古文，韓文自是上選，《東萊博議》更可普及，剃頭詩亦不失為可讀之課外讀物。但是我們假如不贊成統制思想，不贊成青年寫新八股，則韓退之暫時不能不挨罵，蓋竊以為韓公實係該項運動的祖師，其勢力至今尚彌漫於全國上下也。

由此返觀之，當五四之初，雖然梁啟超未遭二周兄弟點名，但他的詩界革命、小說界革命及新民體，卻不能不作為新文學運動的真正的對立面，因時代又要往前跨出一大步了，亦因「其勢力至今尚彌漫於全國上下也」。

當然，這種尚氣的文風，並非全無是處。《孟子》文氣浩蕩而理路明晰，許多篇章既有感染力又有說服力，這是不能不讓人心服的。今人馮友蘭的哲學文章，能把深的東西講淺，而並不減損內在的涵量，他的文氣也是既長且有力，一路上有問有答，有比喻，有排比，而終於能把道理說得明明白白，這是深得孟子文風之妙的。胡適在新文學運動以前的白話文，微含「新民體」遺風，主要是有一點宣教味，有一點抒情性，還有一點氣勢在。他後來的文章平易恬淡，一清如水，不以氣勢奪人——這就真正從「宣講」回歸到「談話」了。但鯤西前輩不止一次地提醒說：胡適的文章受梁啟超影響，談一個問題，他常常要說過以後，再強調一下，設法讓你注意和接受，這是他們共同的地方。細細品味，確有這個特點。蓋胡適本質上是個老師，他要面對廣義的學生，他總要讓自己的意思更易於被人接受，在這一點上，與作為「宣傳者」的梁氏，也就有相近之處，但這與要將人裹挾而去的文體，已不再是一回事。反過來，這也說明，梁氏文章中，可以吸取的積極之處，必定還是不少的。梁啟超自己，則是一個「不惜以今日之我與昨日之我戰」的豪俠之士，他未必讀不出五四新文學陣營對自己的相煎相逼，但他從容應對，不出惡聲，保持了一個藹然長者的形象。他的文風也在變化，陳子展在《中國近代文學之變遷》中說：「他的文章每因和論敵作戰而有進步，又每因自己年齡的增加、時代的進展而有進步。……在這樣的進步的歷程中，漸漸脫去了以前浮誇、空洞、叫囂種種毛病。」晚年的梁氏寫出了《清代學術概論》、《中國近三百年學術史》等扎實的論著，但其內在的文氣仍在，只是不那麼以勢奪人了。可見，問題的關鍵還不在於氣。

但如果一味以氣勝，一味模仿，那就十分危險了。在四川作家李劼人小說《暴風雨前》中，就有一位田老兄教了郝又三一通作文秘訣：「容易，容易！……不管啥子題，你只顧說下些大話，搬用些新名詞，總之，要做得蓬勃，打著《新民叢報》的調子，開頭給他一個登喜馬拉雅山最高之頂，嵩目而東望曰：『嗚呼，噫嘻，悲哉！』中間再來幾句複筆，比如說：『不幸而生於東亞！不幸而生於東亞之中國！不幸而生於東亞今日之中國，不幸而生於東亞今日之中國之什麼；再隨便引幾句英儒某某有言曰，法儒某某有言曰，哪怕你就不通，就狗屁胡說，也夠把看卷子的先生們麻著了。」這真是對新舊八股的辛辣諷刺，卻也是五四後的新文學以新民體為對立面的又一例證。

在我動筆寫本文之前，有兩位朋友給了我重要的提示。其一是我的同事，她提出，新民體在中國其實很有潛力，「文革」一起，那些大字報、宣言書，甚至報刊社論等，幾乎都是新民體的翻版。另一位是老作家辛豐年，他提出，解放初期的文風，包括幹部們的報告，那還是有生氣的，比起國民黨時代的機關八股和官場文言，不知要好到哪兒去；不過現在的報告又不行了，都是讀文件、背文件，那是因為領導幹部不再動筆，稿子都是秘書寫了。他們給了我很大的啟發。

確實，我們的國民性中，一向有那種不願深究物理，只愛跟著起哄的懶而從眾的心理，於是，真正深入研究的文章沒人讀，煽動性的大話狂話最能惑眾。一到「文革」，這類文體立刻沉渣泛起，相互模仿，形成風氣，並飽受好評。因這樣的時候並不要你認真思考，更不允許作深入研究，只需表達情緒，或緊跟，或反對，或聲討，所以越空疏越叫囂反而越好。而林彪身為當時的副統帥，在文風上也有示範的作用，他的報告中那些「最最最」以及大量疊加式的排比，既不要動腦子，又有氣勢，還讓人過目不忘，當然也就成了為文的模式。但其實，這和「田老兒」所教的那套秘訣，真可謂一般無二。現在，我們離「文革」那樣的災難已經越來越遠，但此類文風作為一種集體無意識，還是伴隨在我們身旁。十多年前，我們讀到過一本《中國可以說不》，前不久，我們又讀到了它的姊妹篇《中國不高興》，那真是滿本的激情加大話、激昂慷慨，頓挫抑揚，梁氏文章所有的毛病——浮誇、空洞、叫囂，裏邊都有，惟缺任公式的坦率和真誠。這種有嘩眾取寵之心，無實事求是之意的文章，與當年的新民體，其實是不能同日而語的。這就提醒我們，在我們的潛意識裏，這些沉渣都還完完整整地放著呢，它們時時想打著民族主義旗號來還魂，我們切不可丟棄戒備之心。

但另一方面，看到現時的大報日報一派新聞八股，千文一面，百報一腔，真是欲哭無淚。聽報告也是乾巴異常，偶有一兩個講自己的話，流露自己性情的領導幹部，感覺上真是如沐春風。解放初那種樸素、幹練、坦直、朝氣充溢的文風會風，都到哪裡去了呢？這種時候，就真希望報紙的老總、宣傳機關的幹部，還有各級領導們，能多讀些梁任公的文章，至少能學學他的激情，能有他那樣的奮身投入，能有那不同尋常的姿態和性格的魅力。雖然我這近乎異想天開，但梁任公身上，確實還是有這積極的一面吧。

新民體已離我們遠去了。我不希望它歸來；但是，我們也不可將它忘卻。

附記：

說到梁啟超的新民體，不能不聯想到與他同時代的另一奇人吳稚暉。吳稚暉的文章，或文或白，亦土亦洋，時笑時罵，半真半假，讀起來滑稽突梯，細嚼卻有特殊之味，有一種故意的「夾生」之美。他的文體有點像鄭板橋的字，獨此一家，別人是學不來的。但今人黃宗江的文章卻與其有相似之妙。本文無暇細作展開，拈出此點，供今後有興趣的研究者參考吧。

十六、臆想明天的散文及研究

在本書的「下編」中，讀者意見最大的，很可能是第十四章〈新散文的危機與回歸〉。因為我在文中指出，五四的先驅們號召大家來寫文學性的、英美式的「絮語」散文，漸漸形成了散文界百花爭豔的風致；而現在世風大變，散文的題材或體裁，又要向各種實用文體靠攏，或又依附於各實用文體了。我對此是取一種讚賞態度的。這是否意味著對文學的背叛？

我在文中稱此為「回歸」。這種新散文的回歸，雖已有隱約的動向，或在有些領域，在有些作者的筆下，已漸顯雛形，但總的來說，卻還只是一種「臆想」。在這裏，我想再補充一些後續的思考，也算是對未來的散文形態，再作一點分析和推測吧。

我曾在本書「上編」說過，五四後新散文的發達，除了文學傳統上的原因，當時文壇的「硬體」也起了關鍵的作用：

就在周作人發表〈美文〉後的三個月零四天，《晨報》第七版正式改為「晨報副鐫」……這是現代日報副刊的開端，它立即成為新文學運動的重要園地……各地報紙紛紛仿效。《京報》的「京報副刊」，上海《時事新報》的「學燈」，《民國日報》的「覺悟」，與「晨報副鐫」一起，很快發展成了「五四」以後最重要的四大副刊。上海的《申報》一直有「自由談」，但內容多為舊文人唱和等，與新文學比較隔膜；到一九三二年，史量才聘請黎烈文主持「自由談」，使之面目大變，魯迅、茅盾等新文學家成為主角，有鋒芒有個性的「談話風」成為主唱，吸引了大批讀者。這時，天津《大公報》副刊「文藝」的影響也越來越大。按柯靈先生的說法，上世紀三十年代，報紙副刊進入了它的「黃金季」。……到這時，真可以說，有報必有副刊，有副刊必有「談話風」。朱自清在《背影》序中說了當時刊物的風起雲湧，而報紙與刊物的配合，更促成了「談話風」的盛行。（〈文人傳統與創作生命〉）

與朱自清一樣，梁遇春也說過：「小品文的發達是與定期出版物做正比例的」。（〈《小品文選》序〉）這就不免讓人懸想：上世紀三十年代的散文刊物，到底興盛到什麼程度？這裏只舉一個小例。現在我們都記得《論語》問世後，魯迅說過「然而轟的一聲，天下無不幽默和小品……」魯迅說的是實情。那時遠在北方的沈從文也參與了關於幽默和小品的爭論，他不僅寫過〈談談上海的刊物〉等名文，在另一篇〈風雅與俗氣〉中，更明確地說，這是他讀了近期出現的「二十種幽默小品文刊物」後才寫的，他要探討「作家間情感觀念種種的矛盾」，也要探討「幽默刊物綜合作成的效果」。他寫作時看到了二十種，而三十年代中前期實際的幽默小品刊物，肯定還不止這個數。幽默刊物是如此，其他的散文刊物也同樣風起雲湧。這成為文藝性的散文創作的一個重要保證。

副刊多，刊物多，創作興盛，這背後的一個最根本的支撐，是讀者多，讀者對這樣的作品有興趣。現在看來，五四初期也好，上世紀三十年代也好，對於文學來說，這近乎一種青春期現象，正有如盛唐。盛唐會出現那麼多好詩文，文學大家一個個脫穎而出，這與那種難得的天時地利人和相交融的時代氣氛是分不開的。上世紀的八十年代，也是這樣的時期。但這種青春作伴的好時候是不會長久延續的，就像一部歌劇不可能一直居於高潮狀態，它總得有低潮，有轉場，甚至有落幕。現在，對於散文創作來說，盛唐氣氛已斷然無存，新創作的散文集的出版量逐年遞減，散文刊物雖有但影響頗有限，真正高質量的報紙副刊更是所剩無幾了。創作園地的銳減極大限制了作家的創作熱情，因沒有時時湧現的令人眼目清亮興味盎然的新作，也導致了刊物的進一步萎縮；而這背後，更嚴酷的現實因素，是讀者的興趣也在遞減。這是一種相互推動的負面的迴圈。

我們再來看看「硬體」以外的原因。本來，純文藝性的，專為散文刊物而創作的散文，應該是最好看的，也最有讀者緣的。因為它的創作目的就是為了文學的欣賞，不含其他雜念，不若講稿是為課堂準備的，序跋是為書稿服務的，科學小品是要借機普及新知的——它們被充作散文總有一些勉強的成分在，只能權當散文讀，在散文雜誌中聊備一格吧。這也是當年「美文」的口號一出，周作人、朱自清、葉聖陶、冰心、梁遇春等新作迭出，萬千讀者為之雀躍的原因。然而，事情並不那麼簡單——

人們很快就發現，這種被稱為小品散文、絮語散文，後來又被稱作抒情散文的，雖然文學性強，大多溫婉細膩，筆法錯落有致，但看久了也易起膩。最初的新鮮勁一過，那種非看不可的欣賞的衝動，就不太有了。它最好是夾雜在長長短短的小說或劇本中間，作為閱讀時的短暫的調整和休憩。如滿本都是這樣的小品，雖然讓愛好者們喜歡，卻難保愛好者（如果他很忙碌的話）真能一期期一篇篇堅持將它讀完。因為除了「欣賞文學」，它似乎沒有更強烈的持續的閱讀誘因。

作家們很快也發現，這類文章寫不多。一開筆時興味盎然，涉筆成趣，彷彿從魔鏡裏看取人生，一切都有了無窮的意味，什麼都可寫入文中。但作為一個嚴肅的作家，幾篇寫下來，就會有一種被掏空的恐懼，因再寫就要重複自己了，無論是題材還是內心的體驗，都讓你感到捉襟見肘。除非是不顧一切地追求高產，硬著頭皮寫；或挖空心思地出一些怪招，追求「險僻」，不然是很難堅持的。常常要隔開相當一段時間，才會重新醞釀出新的創作衝動，筆下才會有新鮮愉悅的感覺。這也是朱自清、葉聖陶、俞平伯、鍾敬文等第一代的小品作家後來都悄悄轉行的原因之一。

上世紀九十年代前期，我有一次送柯靈、陳國容夫婦回家，一路上聊得很開心。臨分手時，柯靈很鄭重地對我說：「寫散文，一靠生活，一靠思想，一靠學問。生活終究有限，所以抒情散文是不能多寫的。寫得多的作家，比方魯迅，主要是雜文，那是社會批評，靠的是思想敏銳；比方周作人，那主要是讀書，主要靠學問。」我不知他有沒有在文章中寫過這樣的意思，但那天的神情，確是有一點說私房話的感覺，所以我牢記著這段話，並對他心存感激。柯靈是從事了一輩子散文創作的大家，也是當時最具影響力的散文研究者，他無疑是最有心得的。

為什麼說「生活終究有限……不能多寫」，而小說、戲劇卻不存在這樣的問題呢？我想這是散文的特性決定的。小說和戲劇有故事情節，可以虛構，可以溶入自身經驗以外的大量素材，可以寫周遭的事件和人物。而散文（我說的是真正高層次的美文）必須袒露真實的自我，必須平淡自然，不掩飾，無虛誇，這樣除了本真的個人的魅力，幾乎是一無依傍的。這樣的個人真人，要拿出一些片斷來，寫得好看，讓人愛讀，而又讀不厭，就不是一件容易的事，如不是生活經歷與身邊的環境相當特殊（比如寫《南行記》時的艾蕪與寫撒哈拉時的三毛，那確是特例），又哪裡可能一寫再寫，文如泉湧呢？

要寫得多而好，那也行，就是必須將題材擴大到全人（如果這全人是真的有魅力、有內容、經得住反覆採掘的話），而不是只局促在適合於小品，適合於絮語，適合於抒情的那一小部分。例如，你是一個思想家型的人物，那就可以把你的思想，你對社會的觀察，你的即時的感動和激動，也寫入散文。你有豐富的書齋生活，或有充滿興味的研究經歷與成績，同樣，也可以將此寫入散文。散文中，除了回憶、抒情、描摹，也可以閱世、說理、論學，可以有熱諷和冷嘲，可以討論蒼蠅和宇宙，可以談「骨董」與「胡麻」——這不正是我們前文說過的「散文宜雜不宜專」嗎？這不就是林語堂從編「幽默半月刊」，到編「小品文半月刊」，再到編「散文半月刊」，從編刊實踐中摸索出的散文創作的根本規律麼？

由此可見，不再將散文的希望只寄託在作家專為散文刊物所寫的文藝性散文上，而將它擴大開去，使之包羅萬象，實在不是要取消散文的文學性追求，而是要給文學性一個更大也更能持續發展的天地，同時也使散文更具一種讓人不得不看的閱讀的誘惑。

然而，怎樣才能使「閱世、說理、論學」也成為真正的文學，而不只是乾巴巴的時論或學位論文呢？關鍵似在是否「有我」。這裏確有兩種寫法。其一是如錢鍾書的〈中國詩與中國畫〉（見《舊文四篇》）或俞平伯的〈修正《紅樓夢辨》的一個楔子〉（見《雜拌兒》），明明是論文，但讀來還是散文。因為這裏「有我」，作者是充滿趣味地在談「我」的學術發現，雖不刻意抒情，筆下真情在焉。這學理成了他生活的一部分，這正如他們寫家中的貓或對面的湖山景色一樣，或許他們在論學時，還更投入一些，還更興味充沛呢。另一種則是「無我」，把自己剝離開來，只當一種冰冷的學理來推論，只為完成一種文字的工作，這當然就沒有文學性可言了。

其實這一道理，當初周作人在提倡「美文」時，就已說清了。他提出了一個關鍵的判別尺度——「餘情」。他曾批評當時的一些文章只能夠「說得理圓」，卻「沒有什麼餘情」。而他所強調的「論文」的「詩化的性質」，最根本的，就是在「論文」中要能容納這種真實的「餘情」。「餘

情」即「有我」。有了它，文章自然就會變得從容、隨意、豐饒，變得有餘味、耐咀嚼了。（參見本書第一章〈「談話風」的誕生〉）

所以，當文學的青春期已過，文壇上盛唐氣氛不再，我們對散文的追求，就不能只在散文刊物、散文集子和副刊上了，而應要求各界的知識群體和文字工作者，都能提供第一流的美文。這是散文學的救贖之道，也是明天的散文的希望所在。

我的臆想並非毫無根據，我願再舉兩個小例——

一九五六年，國務院成立專家局，齊燕銘為局長，費孝通、雷潔瓊、於光遠等都是副局長。當年下半年抓調查研究，大家分頭下去瞭解專家們的困難和要求，費孝通去了昆明和成都。回來後都要寫報告——在一般人的眼中，這是一種多麼枯燥實用的文體啊——而費孝通寫出的，就是後來發在《人民日報》上的〈知識份子的早春天氣〉。此文像一隻報春的燕子，在知識份子心中引起了深層的反響，齊燕銘激動地對他說：文章寫得如詩一樣美！當然，後來又有費被打成右派等不愉快的經歷。可是，誰又能否認，費的這篇長文，正是新中國成立後最優美也最重要的散文之一呢？

一九二九年九月上海的《真美善》雜誌出了一期「女作家號」，由張若谷編輯，他網羅了各地著名的女作家，卻沒能組到冰心的稿子，臨末只能將冰心一年前寫給編者的兩封信發在刊物上。婉拒寫稿的信當然屬實用文體，然而有趣的是，因為出自冰心之手，這兩封短信竟成了刊物中最美的篇章。現將第一封信抄錄如下：

張先生：

昨天忽然得到快函，拆開一看，原來是為他人壓金線！我實在應當奔命。只是說來話長，一來我今年課務加忙，星期日能靜坐片時，或在近郊採擷些野花，就是如天之福！執筆是絕對無望，就是提起筆來，文思也是非常艱窘，做得有氣沒力的不如不做！二來，這「老前輩」已是壯士暮年，不思馳騁，從前戲集龔詩：「風雲材略已消磨，其奈尊前百感何。吟到恩仇心事湧，側身天地我蹉跎！」真可為今日之我詠也！振鐸託放園說了許多，此外還有別的等等地方，我都未能應命，心中的歉、恨只有我自己知道！此外知我者，或能相諒一二。我將來，若有作品，不必人家，我自己會四散發表的，即此權當預約如何？

冰心

十月十四日

可見，現在各文字界（並非只限於文學界），如能多一些冰心、費孝通這樣的高人，即使刊物不多，散文何復無望？

末了再說幾句關於明天的散文研究的臆想。

首先不得不說的，是今天的散文研究，確鑿地存在著幾條歧路。這些歧路已存在幾十年，但又一直有人在這樣的路上走著。

歧路之一，就是技巧分析。我曾讀到一些關於知堂散文的技巧性的分析，頭頭是道地介紹構思如何精緻，開頭如何巧妙，結尾如何有味，用詞如何講究，等等。讀來頗覺難受。這是中學老師講解文章的套路，而對於周作人這一路的小品散文，這種講法是最不得體的。因為周作人一生反對技巧，反對文章有做的痕跡，他總是一路寫下來，改都不願多改，認為改就有可能增添造作，在結構上更是行雲流水，他自稱是「跑野馬」。這樣的文章從技巧的角度去挖掘，又能得到幾分真諦？好散文從文體上說，常常是最平淡的，恰恰倒是人工痕跡重的散文更適合做這種技巧上的分析，這一研究方法的價值也就可想了。

歧路之二，是從外部歸類，尤其是從政治立場上歸類，然後以類來判定高下。這一方法，許多頗有成就的前輩研究家亦不能免。比如林非先生，他的《中國現代散文史稿》，所論作家的散文藝術的高下，幾乎都是從政治態度上來判斷的。而這政治態度，也未必就是作家的本來的政治面目，只看當年的左翼作家如何對他們定性，他就怎麼對他們的散文藝術作相應的定位，這無疑是很簡單化也很草率的。范培松《中國散文批評史》對此評價說：「如對何其芳的散文評判時，褒《還鄉雜記》貶《畫夢錄》，也是一個例證。事實上，一個散文作家創作散文不是那麼簡單，散文的政治內涵、思想內涵以及和社會的對應關係也不是那麼直接。同時林非又沒有把自己對於散文的心智體驗糅合進去，使得批評結論又顯得較為空洞和抽象，缺乏個性色彩。」這後面幾句說得尤其好，凡從外部歸類盲目判高下者，必然是不願「把自己對於散文的心智體驗糅合進去」的，他們跳過了散文研究最初的也是最重要的一步——屬於自己個人的審美體驗。

歧路之三，就是太相信權威，太依從既有的研究成果，人云亦云。也許散文研究確是一件太困難的工作，散文作家那麼多，作品更是浩如煙海，要從中理出一點自己的思路，談何容易？於是，看得過來的看，理得出來的理，其餘的，就權且相信前人的算了。這樣的論文論著，我們讀得真是太多了，有時讀到半篇才氣橫溢的好文章，正要拍案叫絕，卻馬上看到後面的觀點陳腐不堪，判若兩人，以前我總是奇怪，現在不奇怪了，那後面一半，其實多半是抄來的。如上述林非先生的散文史稿，大量的基本的評價，都是抄自魯迅的觀點，可謂「魯云亦云」。我在本書第十一章〈從《人間世》到《宇宙風》〉中，曾批評杜玲玲的〈小品文的危機與生機——以《論語》、《人間世》、《宇宙風》為中心〉，此文的許多段落寫得很有才氣，但對《論語》研讀較深，對《宇宙風》則比較隔膜，說三本雜誌一本不如一本，就明顯落入了早年左翼舊說的窠臼。

如果說，歧路之一在中學教師，或從事賞析、串講的學人中影響較大的話，那麼歧路之二對於年歲稍長、過去有研究經歷的人影響較大，而歧路之三則在今天的年輕學子中仍不可免（尤其當他們臨近畢業，論文交稿期逼近的時候）。

但除了這三者之外，我以為，更大的，影響更其普遍的歧路，還在於研究散文時，眼睛只盯著散文本身。確實，散文研究必須「把自己對於散文的心智體驗糅合進去」，但這樣還是不夠；散文研究還須在進去之後，再退出來，再把眼光放開，放遠，仔細地考察寫散文的這個「人」，當然，同時，還須看清這人的背景（包括時代的和文學的背景，即人和文的整個語境）。

前文已經說過，真正好的美文，是必須袒露真實的自我，必須平淡自然，不掩飾，無虛誇的，這樣除了本真的個人的魅力，幾乎就一無依傍。——這樣，散文研究的核心工作，就應該是人的研究，即散文家的研究。

魯迅也曾說過：「不過我總以為倘要論文，最好是顧及全篇，並且顧及作者的全人，以及他所處的社會狀態，這才較為確鑿。」（《「題未定」草》之七）「顧及作者的全人」，這在研究小說與戲劇時，也是需要的；但對於散文研究來說，則應該是「必須」的了。

離開了對人的研究，面對一篇平淡自然的好散文，雖明知其好，卻無從言說，無從下手，這是很尷尬的境遇，這也是大多數同行都曾經歷過的；而說不出時硬說，寫不出時硬寫，也就墮入了上述種種歧途。

對散文家的研究，我以為大致可有如下幾個層面：

一、思想的層面。這不是單指政治思想，更應關注的是作家對於人生的看法，對於藝術和文學的看法，尤其是對於他的散文所涉及的話題的看法，等等。

二、情感的層面。這裏包括作家的性格，寫作時期的心情（這將關係到文章的氛圍），以及在「這一篇」中所流露的情緒。

三、才華的層面。這是散文研究中最為重要的部分，所謂風格，其實主要是受到這一層面影響的。才華至少包括天賦、素養、趣味三項。天賦極重要而難言說；素養可以靠後天習得，作家的才能和知識面，也都包含在這裏了；趣味則是既有先天又有後天的因素，是無法勉強而只能緩慢地自然形成的，對於散文作家來說，趣味是最重要的方面，但這又一向為人所忽略。

四、文字和結構特點的層面。這裏包括作家慣用的語氣、句法、用詞等，也包括常用的結構方式和一些技巧。即使是反對技巧的作家也難免有技巧，例如周作人早期雜文中就經常運用反話（如〈死法〉等），他自己稱之為「彆扭」的寫法。只是不應把技巧的作用誇大，尤其不可忘了技巧在不同作家作品中的分量和比重是很不一樣的。

當這一切漸漸弄清楚了，再將其放置於時代的和文學的背景中，研究才可能真正成立。

斗膽說些個人的體驗。在研究周作人的過程中，我從大量的研讀中發現了知堂散文的「澀味」和「簡單味」，我覺得這是貫穿於他的全部作品的。但何以會如此呢？我從他的社會觀、世界觀、歷史觀、人生觀、文學觀以至語言觀上考察，這也許可說是思想層面的探討。又從他與魯迅的相同與不同的經歷中進行對比研究，從中探尋他的性格的、思維的和情感的特徵；以後又從他的作品中理出了他所特有的「老人心態」和「兒童心態」，這正好與他作品的「澀味」與「簡單味」相對應。接著，通過對他的「牛山體詩」、雜著、小品和書話的考察，由文體入手，探尋他的天賦、素養和趣味的特徵及種種表現方式。當然，也從他鼓吹的平淡、自然、無技巧，以及他的師承與不斷的突破，進一步理解他的文章的魅力所在。回過頭去看，拙著《解讀周作人》大致就是這麼寫出來的。書稿出版後，學界有朋友驚呼「論著還能這麼寫」；十幾年過去了，四顧茫茫，好像類似的從藝術分析入手的論著還是少之又少。我有一種深深的寂寞感。當然，我深知自己淺陋，所做的不過是投石問路，但確實期望有一種真正的「文學的」研究。我但願有更多的人在這條路上走，即使因此比出了我的矮小和幼稚，我也心甘情願的。最怕的，還是魯迅所說的「叫喊於生人中，而生人並無反應，既非贊同，也無反對，如置身毫無邊際的荒原，無可措手的了」。我的情景還不是如此，我得到過很多師友同道的鼓勵，也得到了許多讀者的支持和鞭策，我應該知足。

我臆想著明天的研究界，能更深入到散文創作的內部，能更準確地把握散文家的性格和才情，也奢望能出現一段短暫的青春作伴的盛唐氣象來。那時，我的關於散文家的研究的幾個層面的設想，也許早已成為後來者的笑料了，拙著也可能早被批得千瘡百孔，但這又何妨？

但願這一天早些到來。

還想重複幾句說過的話。

前文一再稱，散文不同於小說、戲劇，不能虛構，一無依傍，只能靠人本身的魅力取勝。這樣看來，在文學的其他門類面前，散文家彷彿很吃虧了。其實恰恰相反，正因為不能靠別的外在的魅惑力，只有表現真人，發掘真人，才能寫出好的散文，這在對人的要求和對文學的要求上，就變得無比的高了——於是，散文也才成了真正的純文學。

在本書「上編」的第二章，曾經涉及作家的創作生命力問題。事實證明，許多優秀的散文家，其創作生命力往往是最強的，這是一個極有趣的現象。這是否也說明了，平淡與永恆之間，確實存在著一條秘密的通道？當然，這一切並非是沒來由的——

這些「專家之上的文人」，其可貴之處，就在於能以自身的文化積累與自由心情，走破人為的學科界限，將各種學問乃至一切人類文化成果，盡力打通，復現為有機整體，為完整的個人所用。於是，他們的自由寫作，便能貫通並啟動漫長的中外古今文化的積澱，也能使整個社會體驗到悠遠淳厚的滋味。

……

「談話風」不僅是最為透明的，同時也是最為綜合的，它不讓你只專注於某一項，而要讓小說的、詩的、理論的種種要素全部溶入「自己的性情裏」，也就是一種全人格的表達，亦即前文談到「文人傳統」時所說的「以完整的個人，對應較為完整的文化」，達到了這一步，才能寫出上好的「談話風」。同理，也只有能達到這一步者，創作生命才有可能綿延不絕。

（〈文人傳統與創作生命〉）

祝福你，散文家——你應該是幸運的！

就讓我們以這樣的祝福，結束這束冗長的「閒話」吧。

小跋

這本小書，十二三萬字，寫來瀟瀟散散，其實卻是我花力氣最大的書稿。準備的時間，差不多有十二三年，真正動筆寫作，斷續也有三年。

最早，還是劉再復先生提議寫這樣一本書的。一九九四年，我的第一部學術書《解讀周作人》由上海文藝出版社印行，得到了幾位學界前輩的鼓勵，令我信心大增，決心將中國現代文學作為自己的終身課題。這時，又接到劉再復從美國寄來的信，他說，既然你已作了這樣的深入研究，乾脆把選題擴大，寫一部《中國現代散文史論》吧！我被他的情緒感染了，從此，寫一部「現代散文史論」，成了我揮之不去的意願。可以說，從那時到現在，我一直在準備這部書稿。我收集各種資料，排了無數次提綱，還把許多思考的碎片記下，放在一處，碎片漸漸聚成團，而又相互糾纏打架，弄得我很苦惱。多次提筆而又放下，每想到此書就興奮異常卻又惶惑萬端……十多年的時間就這樣過去了。如果沒有麗宏，此事可能還會拖延。

自二〇〇六年起，趙麗宏主持《上海文學》編務，他和我說了多次，問能否開一個個人的專欄，寫得深一點，但又要有可讀性，要寫出自己的風格和專長來。我說了寫散文史論的想法，我們一拍即合。本書「上編」中的大部分，就是以「閒說談話風」為欄名，在二〇〇七年七至十二期的《上海文學》上發表的；「下編」則以「今文淵源」為欄名，在二〇〇九年的《上海文學》上陸續刊出。於是就有了這部書稿。

此書以散文（閒話）的形式表述學術思考，可說是一種有趣的嘗試，這正是麗宏和他所主持的文學刊物促成的。然而，在現當代學術史上，輕靈可讀、文學性強但又充滿學術創見的小型專著，還是有過不少的，包括俞平伯的《紅樓夢辨》，繆鉞的《詩詞散論》，林庚的《西遊記漫話》等，都是這類有趣的書。步這些前賢們的後塵，一直是我最高的夢想。

等此書完成後我才想起，其實我心中還有另一個榜樣，那就是李澤厚的《美的歷程》。我一直稱那本書為新時期最早的「大散文」，它不僅文筆輕靈優美，更突出的優點是每章每節都有自己的創見——這不正是我醞釀這部書稿時所夢寐以求的嗎？

很感謝飛雪、東昆、蓉霞、天宇和老馬，這幾位朋友，在我寫出一篇篇初稿，惶恐無助、信心全無時（每篇初稿寫畢總有這種心情，真是奇怪），常能耐心賜讀，給以勉勵和幫助，並指出種種錯漏。有的則在我還未下筆時，就幫助分析指正，使我能大膽寫下去。沒有朋友的推動，這本小書一定是寫不成的。在稿件編發過程中，斌華、予佳諸友多方關照，認真把關；上海文藝出版社的編輯李霞小姐更是付出了艱辛的勞動，在此一併致謝。

還要特別謝謝辛豐年先生和鯤西先生，多年來，我就這一選題，多次向他們請教，得益匪淺。

鯤西先生早就答應寫序，但因我一直延宕，始終未能成書，至稿子初成，他以九十三歲高齡，寫出了本書的書序，對我獎掖有加，真是讓我既感且愧。我當以今後的加倍努力，報答前輩和朋友們的幫助。

作者

二〇一〇年三月十三日

因蔡登山先生與秀威公司支持（責編偉迪出力尤多），本書得以在臺灣出繁體字版，我的這些關於現代散文的一得之見能與更多海峽對岸朋友切磋交流，幸何如之，特致謝忱。

作者補記於二〇一〇歲末

語言文學類　PG0584

白話散文源流
——近百年中國文章變遷史

作　　者／劉緒源
主　　編／蔡登山
責任編輯／孫偉迪
圖文排版／姚宜婷
封面設計／陳佩蓉

發 行 人／宋政坤
法律顧問／毛國樑　律師
印製出版／秀威資訊科技股份有限公司
114台北市內湖區瑞光路76巷65號1樓
電話：+886-2-2796-3638　傳真：+886-2-2796-1377
http://www.showwe.com.tw
劃撥帳號／19563868　戶名：秀威資訊科技股份有限公司
讀者服務信箱：service@showwe.com.tw
展售門市／國家書店（松江門市）
104台北市中山區松江路209號1樓
電話：+886-2-2518-0207　傳真：+886-2-2518-0778
網路訂購／秀威網路書店：http://www.bodbooks.com.tw
國家網路書店：http://www.govbooks.com.tw
圖書經銷／紅螞蟻圖書有限公司
114台北市內湖區舊宗路二段121巷28、32號4樓
電話：+886-2-2795-3656　傳真：+886-2-2795-4100

2011年8月BOD一版
定價：300元

國家圖書館出版品預行編目

白話散文源流 : 近百年中國文章變遷史 / 劉緒源
著.-- 一版. -- 臺北市 : 秀威資訊科技, 2011.08
面 ; 公分. -- (語言文學類 ; PG0584)
BOD版
ISBN 978-986-221-766-5(平裝)

1. 散文 2. 白話文學史 3. 文學評論

820.9508 100009586

讀者回函卡

感謝您購買本書，為提升服務品質，請填妥以下資料，將讀者回函卡直接寄回或傳真本公司，收到您的寶貴意見後，我們會收藏記錄及檢討，謝謝！如您需要了解本公司最新出版書目、購書優惠或企劃活動，歡迎您上網查詢或下載相關資料：http:// www.showwe.com.tw

您購買的書名：________________________________

出生日期：________年________月________日

學歷：□高中（含）以下　□大專　□研究所（含）以上

職業：□製造業　□金融業　□資訊業　□軍警　□傳播業　□自由業

　　　□服務業　□公務員　□教職　□學生　□家管　□其它____

購書地點：□網路書店　□實體書店　□書展　□郵購　□贈閱　□其他

您從何得知本書的消息？

□網路書店　□實體書店　□網路搜尋　□電子報　□書訊　□雜誌

□傳播媒體　□親友推薦　□網站推薦　□部落格　□其他________

您對本書的評價：（請填代號　1.非常滿意　2.滿意　3.尚可　4.再改進）

封面設計____　版面編排____　內容____　文／譯筆____　價格____

讀完書後您覺得：

□很有收穫　□有收穫　□收穫不多　□沒收穫

對我們的建議：________________________________

____

____

____

請貼
郵票

11466
台北市內湖區瑞光路 76 巷 65 號 1 樓
秀威資訊科技股份有限公司 收
BOD 數位出版事業部

……………………………………………………………………………

（請沿線對折寄回，謝謝！）

姓　　名：＿＿＿＿＿＿＿＿　年齡：＿＿＿＿　性別：□女　□男

郵遞區號：□□□□□

地　　址：＿＿＿＿＿＿＿＿＿＿＿＿＿＿＿＿＿＿

聯絡電話：(日) ＿＿＿＿＿＿＿＿ (夜) ＿＿＿＿＿＿＿＿

E-mail：＿＿＿＿＿＿＿＿＿＿＿＿＿＿＿＿＿＿